GW01158849

Die Maske der Lüge

Maximilian Krieg

Published by Maximilian Krieg, 2024.

DIE MASKE DER LÜGE

First edition. October 24, 2024.

ISBN: 979-8224108558

Written by Maximilian Krieg.

Inhaltsverzeichnis

Prolog: Schatten in der Dunkelheit

Der Regen prasselte unaufhörlich auf das Kopfsteinpflaster der Berliner Altstadt. Das Wasser sammelte sich in Pfützen, die wie schwarze Tintenflecke im fahlen Licht der Straßenlaternen glänzten. Max Stolz spürte, wie seine Lungen brannten, während er durch die engen Gassen hetzte. Der kalte Wind peitschte ihm den Regen ins Gesicht, und jeder Atemzug schien von der schweren, feuchten Luft erstickt zu werden. Hinter ihm hörte er das Hämmern von Schritten, lauter, schneller – sie kamen näher.

"Natürlich muss es ausgerechnet jetzt regnen," murmelte er zwischen keuchenden Atemzügen. "Könnte ja nicht einfacher sein." Er klammerte sich fest an die Ledertasche, die unter seiner Jacke versteckt war. In ihr befanden sich die Dokumente, die sein Leben möglicherweise verändern würden – oder beenden, wenn er es nicht schaffte, ihnen zu entkommen. Ein kurzer Blick über die Schulter bestätigte ihm, dass die Silhouetten, die ihm folgten, nicht so leicht abzuschütteln waren. Dunkle Umrisse, undeutlich im Regen verschwommen, aber unaufhaltsam.

Ein vertrauter Schmerz zog sich durch seine Rippen, die alte Narbe, eine Erinnerung an eine frühere, ebenso gefährliche Begegnung. "Warum zum Teufel tue ich das überhaupt noch?" fragte er sich flüchtig, bevor ein blendender Scheinwerferkegel die schmutzigen Wände der engen Gasse erhellte. Er duckte sich schnell in einen Seitenweg, presste sich gegen die kühle, feuchte Mauer und hielt den Atem an. Die Schritte hallten lauter in der Dunkelheit wider, ein unheimliches Echo in der Stille.

In dem kurzen Moment der Stille, als die Verfolger vorbeirannten, spürte Max, wie sein Herz gegen seine Rippen schlug. Er atmete durch die Nase aus, langsam und leise, und sah an die Wand neben sich. Dort war es – das Symbol, das ihn seit Wochen verfolgte: Ein stilisierter Kreis, in dessen Mitte eine Schlange sich selbst in den Schwanz biss.

"Immer diese verdammten Schlangen," murmelte er, sein ironisches Lächeln halb verkniffen. "Sie kriechen wirklich überall herum." Das Symbol war überall aufgetaucht – in den Dokumenten, in den Notizbüchern und sogar an den Wänden gewisser Gebäude, die in den Schatten Berlins verborgen waren. Es war das Zeichen der Sekte, der er seit Monaten nachjagte, und es schien, als würde es ihn verfolgen, wohin er auch ging.

Er wusste, dass er keine Zeit zu verlieren hatte. Max drängte sich aus der engen Gasse heraus, den Blick wachsam in alle Richtungen schweifend. Der Regen legte sich wie ein Schleier über die Stadt, und für einen Moment fühlte er sich, als wäre er der einzige Mensch auf der Welt. Er wollte gerade weiterlaufen, als er aus dem Augenwinkel eine Bewegung wahrnahm.

Eine Frau stand nur wenige Meter von ihm entfernt, halb im Schatten, halb im trüben Licht einer kaputten Straßenlaterne. Sie trug einen langen, schwarzen Mantel, und ihre blassen, feuchten Haare klebten ihr am Gesicht. Ihre Augen – tief und unergründlich – schienen ihn direkt zu durchbohren. Ein leises Lächeln umspielte ihre Lippen, als hätte sie gerade einen Witz gehört, den nur sie verstehen konnte.

"Du hast dir einen schlechten Abend für einen Spaziergang ausgesucht," sagte sie mit sanfter Stimme. Max zuckte zusammen, verwirrt und neugierig zugleich. Er öffnete den Mund, um zu fragen, wer sie war und was sie hier wollte, doch in dem Moment, als er einen Schritt auf sie zu machte, drehte sie sich um und verschwand in der Dunkelheit.

"Natürlich," seufzte er frustriert. "Genau wie in einem schlechten Film." Er setzte ihr nach, hörte das Klappern ihrer Schritte auf dem nassen Pflaster, doch dann – nichts. Sie war verschwunden, als hätte sie sich in Luft aufgelöst. Max hielt an und lauschte, doch alles, was er hörte, war der unaufhörliche Regen, der auf die Stadt niederprasselte.

Er hatte das Gefühl, dass er gerade einen entscheidenden Hinweis verpasst hatte. Die mysteriöse Frau, das Symbol, die Dokumente in seiner Tasche – all das ergab ein verwirrendes Puzzle, und er wusste, dass er nur an der Oberfläche kratzte. Doch die Zeit war knapp, und seine Verfolger würden nicht lange auf sich warten lassen.

Plötzlich flackerte eine Bewegung am Rande seines Sichtfelds auf. Max drehte sich ruckartig um, bereit, weiterzulaufen, als ihn ein lauter Knall erschreckte. Ein Blitzschlag erhellte für einen Moment die gesamte Gasse, und in dem grellen Licht sah er das Gesicht eines der Männer, die ihm folgten – hart, entschlossen, die Augen kalt wie Eis.

Max' Atem stockte. Ohne nachzudenken, griff er in seine Jackentasche, zog die kleine Kamera hervor, die er immer bei sich trug, und machte ein Foto. Ein rasches Blitzlicht zerbrach die Dunkelheit, und dann rannte er – schneller, als er es je für möglich gehalten hätte.

Der Regen prasselte ihm ins Gesicht, machte es schwer, klar zu sehen, doch er hörte das Wutgebrüll hinter sich, das ihm durch die Knochen fuhr. Sie waren hinter ihm her, schneller als zuvor, wütender. Die Kamera war nun nutzlos, und die Dokumente, die er hatte, fühlten sich plötzlich wie eine Zeitbombe in seiner Tasche an. Ein falscher Schritt, ein falsches Wort, und alles würde explodieren.

Er bog um eine Ecke und stolperte fast über die nassen Pflastersteine. Ein alter, rostiger Lieferwagen stand am Ende der Gasse, und ohne zu zögern warf Max sich gegen die quietschende Seitentür. Zu seiner Überraschung öffnete sie sich sofort – ein merkwürdiger Zufall, der ihm eine sekundenlange Pause schenkte. Er glitt ins Innere, zog die Tür leise hinter sich zu und hielt den Atem an. Die Gestalten liefen an dem Wagen vorbei, zu sehr in ihrer Hast gefangen, um ihn zu bemerken.

Max ließ sich gegen die kalte Metallwand sinken und holte endlich Luft. Seine Finger zitterten, und das Adrenalin pulsierte in seinen Adern. Er kramte die Dokumente aus seiner Tasche und blätterte hastig durch die Seiten. Auf einem der Blätter prangte wieder das Schlangen-Symbol, begleitet von einer Liste von Namen – einige davon ihm nur zu gut bekannt.

Ein Gefühl des Triumphes durchströmte ihn, gemischt mit blankem Entsetzen. "Ich hab's," flüsterte er atemlos. "Ich hab' den verdammten Beweis." Doch genau in diesem Moment hörte er ein leises Geräusch hinter sich – das metallische Klicken einer Pistole, die entsichert wurde.

"Du solltest nicht alles glauben, was auf Papier steht," sagte eine vertraute Stimme. Max drehte sich langsam um und sah in das Gesicht der Frau, die ihn zuvor beobachtet hatte. Ihre Augen blitzten im Halbdunkel, und sie hielt die Pistole fest und ruhig auf ihn gerichtet.

"Du?" Seine Stimme war kaum mehr als ein Flüstern. "Wer zum Teufel bist du?"

Ein weiteres leichtes Lächeln umspielte ihre Lippen. "Jemand, der dir helfen könnte. Oder auch nicht. Das hängt ganz von dir ab."

Kapitel 1: Der Anfang vom Ende

—

Max erwachte schweißgebadet. Sein Atem ging schwer, und er spürte, wie das kalte Laken an seinem Rücken klebte. Der Raum war dunkel, nur das schwache Licht der Straßenlaterne vor seinem Fenster warf ein trübes Muster auf die Wand. Es war dieser Traum – wieder einmal. Die Bilder seines Bruders, die ihn immer wieder verfolgten, zogen wie Geister durch seinen Kopf. Immer die gleichen Szenen: sein Bruder, wie er in den Bann der Sekte geriet, das unheimliche Lächeln, das sich in sein Gesicht gefressen hatte, und schließlich das kalte, leere Zimmer, in dem man ihn tot aufgefunden hatte.

Max wischte sich mit der Hand über das Gesicht, als ob er die Schatten aus seinem Kopf vertreiben könnte. "Schön, dass manche Dinge sich nie ändern," murmelte er sarkastisch und schwang die Beine aus dem Bett. Der Boden war kalt unter seinen Füßen, und das Dröhnen des morgendlichen Regens, der gegen die Fensterscheibe prasselte, schien ihn höhnisch auszulachen.

Er zwang sich, aufzustehen, auch wenn jeder Muskel in seinem Körper ihn dazu drängen wollte, einfach liegen zu bleiben und die Decke über den Kopf zu ziehen. Der Morgen war grau, typisch für Berlin, und er hatte das Gefühl, dass die Welt um ihn herum in derselben kalten Monotonie ertrank, die ihn seit dem Tod seines Bruders nicht mehr losgelassen hatte.

———

MIT EINEM LEISEN SEUFZER machte sich Max Kaffee. Der bittere Geruch des heißen Getränks erfüllte die kleine Küche seiner Altbauwohnung, und er fühlte, wie das vertraute Aroma ihm ein wenig

Klarheit zurückbrachte. Ein Stapel Zeitungen lag auf dem Tisch, und wie immer ließ er seinen Blick gleichgültig darüber schweifen. Politik, Wirtschaft, Boulevard – die gleichen Geschichten wie immer, bis ein kleiner, unscheinbarer Artikel am unteren Rand der Seite seine Aufmerksamkeit erregte.

"Unbekannter Mann stirbt unter mysteriösen Umständen" stand dort in dünner Schrift. Max' Finger hielten inne, und er runzelte die Stirn. Es war kaum mehr als eine Notiz – ein Mann, mittleren Alters, gefunden in einem leerstehenden Gebäude im Osten Berlins. Die Polizei hatte keine weiteren Informationen preisgegeben, und der Artikel endete mit den Worten: "Die Ermittlungen dauern an."

Er konnte nicht anders, als trocken zu lachen. "Typisch Berlin," dachte er ironisch, "immer für eine Überraschung gut." Doch irgendetwas an diesem Fall ließ ihn nicht los. Ein unbestimmtes Gefühl – fast wie ein Déjà-vu. Er nahm einen großen Schluck Kaffee und ließ die Tasse mit einem leisen Klirren auf den Tisch sinken.

Was war es, das ihn störte? Er konnte den Finger nicht darauf legen, aber es war, als ob etwas an dieser Geschichte... anders war. Eine Art Echo aus der Vergangenheit. Er erinnerte sich an ähnliche Fälle, die er recherchiert hatte – damals, bevor sein Bruder...

"Nein," sagte er laut zu sich selbst. "Nicht schon wieder." Aber die Gedanken ließen sich nicht so leicht vertreiben. Das Bild des Toten im verlassenen Gebäude wollte einfach nicht verschwinden, es setzte sich fest wie ein Splitter in seinem Verstand. Max schüttelte den Kopf, stand auf und ging zur Spüle, um seine Kaffeetasse abzuspülen. Dabei warf er einen weiteren Blick auf den Artikel, der jetzt zerknittert auf dem Tisch lag.

"Es ist nichts Besonderes," sagte er sich. **"Nur ein weiterer Toter in einer Stadt voller Geheimnisse."** Doch tief in seinem Inneren wusste er, dass es nicht so einfach war. Es gab etwas an diesem Fall – etwas, das an die Oberfläche wollte.

———————

DAS TELEFON KLINGELTE. Max zuckte zusammen und starrte für einen Moment auf den Hörer, als würde er einen Geist sehen. Dann griff er zögernd nach dem Telefon und nahm ab. "Stolz," sagte er knapp.

"Max? Bist du das?" Eine vertraute Stimme am anderen Ende der Leitung ließ ihn erstarren. Es war Karla, eine alte Kollegin von ihm, die mittlerweile für eine andere Zeitung arbeitete. Sie hatte einen scharfen Verstand und eine noch schärfere Zunge – und sie rief nicht ohne Grund an.

"Wer sonst," antwortete Max und versuchte, seine Stimme locker klingen zu lassen. "Was willst du, Karla?"

"Ich dachte, du könntest an einer kleinen Information interessiert sein," sagte sie mit einem süffisanten Unterton. "Es geht um den Typen, der tot im Osten gefunden wurde."

Max' Puls beschleunigte sich. "Ich höre," sagte er, versuchte, seine Neugierde zu verbergen.

"Die Polizei hält dicht, aber ich habe aus sicherer Quelle erfahren, dass es bei dem Toten Spuren von... sagen wir mal, **nicht ganz legalen** Aktivitäten gibt." Ihre Stimme senkte sich zu einem Flüstern, als hätte sie Angst, dass jemand mithörte. "Es gab Hinweise darauf, dass er Kontakte zu einer Gruppe hatte, die sich in letzter Zeit in Berlin bemerkbar macht. Eine Art... Gemeinschaft, die sehr interessiert an spirituellen Themen ist."

Max spürte, wie sich sein Magen zusammenzog. "Du meinst eine Sekte," sagte er trocken.

"Vielleicht," antwortete Karla ausweichend. "Oder etwas Ähnliches. Jedenfalls gibt es Gerüchte, dass der Tote einige brisante Dokumente bei sich hatte – Dokumente, die die Polizei nicht gefunden hat."

"Und du rufst mich an, weil...?"

"Ach, komm schon, Max. Du liebst doch sowas. Oder hast du inzwischen das Interesse an geheimnisvollen Todesfällen verloren?" Ihre Stimme klang provokant, fast herausfordernd.

"Du weißt genau, warum ich solche Fälle hasse," knurrte er zurück, unfähig, den Ärger in seiner Stimme zu verbergen. Er dachte an seinen Bruder, an all die unbeantworteten Fragen und die schlaflosen Nächte, die er damit verbracht hatte, nach der Wahrheit zu suchen.

"Genau deshalb rufst du mich an," fuhr Karla fort. "Weil du nicht aufhören kannst, nach Antworten zu suchen. Und weil du der Einzige bist, der dumm genug ist, sich in so etwas reinzuhängen."

———

MAX LEGTE DEN HÖRER auf, ohne sich zu verabschieden, und ließ sich schwer auf den Stuhl fallen. Karls Worte hallten in seinem Kopf nach. Sie hatte recht, natürlich hatte sie recht. Er konnte nicht anders. Er musste wissen, was hinter diesem mysteriösen Tod steckte. Es war wie ein Zwang, den er nicht unterdrücken konnte, egal, wie sehr er es versuchte.

Sein Blick wanderte zurück zur Zeitung auf dem Tisch. Die Worte verschwammen vor seinen Augen, und er sah wieder das Bild seines Bruders, wie er lächelte – dieses verdammte Lächeln, das ihm damals schon eine Gänsehaut gemacht hatte. Ein Lächeln, das jetzt in jeder dunklen Ecke lauerte, als wollte es ihn verspotten.

Mit einem tiefen Atemzug nahm Max das Telefon wieder zur Hand und wählte eine Nummer, die er seit Jahren nicht mehr angerufen hatte. Eine vertraute, aber schmerzhafte Nummer. Es klingelte einmal, zweimal, und dann hörte er die Stimme, die ihm nur zu gut bekannt war.

"Hier ist Hanna," sagte die Frau am anderen Ende der Leitung, und Max spürte, wie seine Kehle trocken wurde. Es war lange her, dass er sie gehört hatte – viel zu lange.

"Hanna... ich brauche deine Hilfe," sagte er schließlich, die Worte schwer und zögernd. Er wusste, dass sie nicht begeistert sein würde. Und er wusste auch, dass er keine andere Wahl hatte.

Kapitel 2: Alte Wunden

Max saß an seinem Schreibtisch, die Finger über der Tastatur schwebend. Der Bildschirm vor ihm leuchtete mit einer blendend weißen Leere, die sich weigerte, ihm auch nur den Hauch einer Richtung zu geben. Neben ihm stapelten sich Zeitungsartikel, Notizen und Ausdrucke – ein chaotischer Berg aus Informationen, die er in den letzten Stunden zusammengetragen hatte. Er hasste es, wenn ihn das Gefühl überkam, dass er etwas Entscheidendes übersah.

Er rieb sich die Schläfen, um den dumpfen Kopfschmerz zu vertreiben, der sich langsam in seinen Kopf eingenistet hatte. Wieder einmal war es diese verfluchte Vergangenheit, die ihn nicht losließ. Er wusste, dass er sich darauf einließ, wieder denselben dunklen Pfad entlang zu wandern, den er geschworen hatte, nie wieder zu betreten.

Mit einem bitteren Lächeln öffnete er eine Suchmaschine und tippte die wenigen Informationen ein, die er über den mysteriösen Tod gesammelt hatte. Schnell überflog er die Ergebnisse, doch die meisten waren nur belanglose Sensationsartikel. Aber dann fiel sein Blick auf ein unscheinbares, altes Dokument, das in den Tiefen des Internets vergraben lag – ein Polizeibericht von vor zehn Jahren.

Sein Herz setzte einen Schlag aus. Die Adresse des Berichts war ihm nur allzu vertraut. **Das alte Lagerhaus in Friedrichshain.** Es war derselbe Ort, an dem sein Bruder sich den letzten „Lehren" einer obskuren Gemeinschaft unterzogen hatte – der Nacht, in der er starb.

"Als ob die Vergangenheit nicht ruhen könnte," murmelte er verbittert. Er klickte auf den Link, und sein Bildschirm füllte sich mit Zeilen offizieller Dokumente und Polizeijargon. Die Namen waren unkenntlich gemacht, doch die Hinweise waren eindeutig. Es gab

Verbindungen zu einer Gruppe, die er vor Jahren verfolgt hatte, bevor alles in einer Katastrophe endete.

———————

SEIN BLICK WAR AUF den Bildschirm fixiert, als das Telefon neben ihm klingelte und ihn unsanft aus seiner Konzentration riss. Er griff mechanisch nach dem Hörer. "Ja?"

"Max, was zum Teufel machst du da?" Die Stimme seines Chefredakteurs, Müller, klang gereizt. "Ich hab gehört, dass du wieder in alten Wunden stocherst."

Max zog eine Augenbraue hoch. "Ach, was du nicht sagst, Müller. Es tut gut zu wissen, dass mein Chef immer bestens informiert ist."

"Sei nicht zynisch, Max. Du weißt, was ich meine. Du machst denselben Fehler wie damals, und du weißt, wie das endete."

Ein kaltes Lächeln breitete sich auf Max' Lippen aus. "Du meinst, wie mein Bruder tot in einem gottverlassenen Gebäude endete? Oder wie die Polizei die Ermittlungen still und heimlich unter den Teppich kehrte? Oh, entschuldige, dass ich es wage, noch Fragen zu stellen."

"Verdammt, Max, das ist es nicht wert!" Müllers Stimme zitterte leicht, aber Max konnte nicht sagen, ob es Angst oder Wut war. "Ich warne dich – es gibt Leute, die nicht wollen, dass du in dieser Sache herumschnüffelst."

Max lehnte sich zurück und ließ die Worte auf sich wirken. Er wusste, dass Müller recht hatte. Er wusste auch, dass es ihm egal war. "Weißt du, was, Müller? Vielleicht sind das genau die Leute, die ich kennenlernen sollte."

Ein angespanntes Schweigen legte sich über die Leitung. Dann kam nur ein leises, resigniertes Seufzen von der anderen Seite. "Du wirst es nie lernen, oder?"

"Vermutlich nicht," antwortete Max und legte auf.

———————————

ER STARRTE AUF DEN Polizeibericht auf dem Bildschirm. Ein Name tauchte immer wieder auf – ein Name, der ihm bekannt vorkam. **Orbis Communitas.** Eine Sekte, die in den späten 80ern in Berlin gegründet wurde und in den letzten Jahren immer wieder von sich reden machte. Ein Sammelsurium aus spirituellem Gerede, Versprechungen von „Erleuchtung" und dubiosen Heilungsmethoden. Die gleichen Methoden, die seinen Bruder in den Abgrund geführt hatten.

Max öffnete alte Akten, die er seit Jahren nicht angerührt hatte. Verstaubte Ordner, vollgestopft mit Notizen und Artikeln, die er selbst verfasst hatte, damals, als er noch an das Gute im Journalismus glaubte. Als er dachte, dass er mit genug Recherche die Wahrheit ans Licht bringen könnte.

Die Seiten rauschten unter seinen Fingern, und mit jedem umgeschlagenen Blatt fühlte er, wie die Wut in ihm wuchs. Es war alles da – die Lügen, die Halbwahrheiten, die Manipulationen, die seine Familie zerrissen hatten. Er wollte es hinter sich lassen, wollte vergessen, aber es gab keine Flucht vor der Wahrheit. Sie würde ihn immer wieder einholen, solange er nicht die Antworten fand, die er suchte.

Sein Blick fiel auf ein Foto, das er lange nicht mehr angesehen hatte. Es zeigte seinen Bruder, lächelnd, umringt von Menschen in weißen Roben. Max erinnerte sich an das Lächeln, das so echt ausgesehen hatte, bis er begriffen hatte, dass es nur eine Fassade war – eine Lüge, um die Leere zu verbergen, die hinter den Augen seines Bruders lauerte.

"Du wusstest, was du da tust, oder?" flüsterte Max zu dem Foto, als könnte es ihm antworten. Aber natürlich blieb das Bild stumm.

AM NÄCHSTEN TAG GING er ins Büro. Die düstere Stimmung der Nacht verfolgte ihn noch immer, aber er versuchte, sich nichts anmerken zu lassen. Als er sein Büro betrat, sah er, wie einige seiner Kollegen die Köpfe zusammensteckten. Flüstern, verstohlene Blicke – es war offensichtlich, dass sie über ihn sprachen.

"Max," rief ihn schließlich Lisa, seine jüngere Kollegin, die immer darauf bedacht war, dass er sich nicht in Schwierigkeiten brachte. "Ich hab gehört, dass du wieder an diesem alten Fall arbeitest. Ist das wirklich eine gute Idee?"

Max seufzte und lehnte sich gegen den Türrahmen. "Was soll ich sagen, Lisa? Ich stehe einfach auf verlorene Fälle. Sie haben so einen charmanten Beigeschmack des Scheiterns."

"Das ist nicht lustig," erwiderte sie ernst. "Du weißt, was letztes Mal passiert ist. Niemand will, dass sich die Geschichte wiederholt."

"Und was genau soll ich tun?" fragte Max mit einem spöttischen Lächeln. "Die Augen schließen und so tun, als gäbe es keine Fragen mehr? Als wäre alles geklärt? Als ob ich... als ob ich nicht noch eine Schuld zu begleichen hätte?"

Lisa biss sich auf die Lippe, und Max sah das Mitgefühl in ihren Augen. "Es geht nicht um Schuld, Max. Es geht darum, dass manche Dinge gefährlich sind. Dass manche Menschen nicht wollen, dass du zu viel weißt."

Er zuckte mit den Schultern. "Dann sollen sie doch kommen und es mir ausreden. Aber bis dahin werde ich weitermachen. Denn das ist das Einzige, was ich tun kann."

Sie seufzte, als wüsste sie, dass es sinnlos war, ihn aufzuhalten. "Dann pass wenigstens auf dich auf, okay? Nicht jeder Krieg muss bis zum Ende gekämpft werden."

"Ach, Lisa," sagte Max und versuchte, seine Stimme leicht zu halten. "Ich bin nicht hier, um Kriege zu gewinnen. Ich bin hier, um die Schlacht zu genießen."

———————

ZURÜCK IN SEINER WOHNUNG öffnete Max seinen Laptop und suchte nach weiteren Informationen über **Orbis Communitas**. Die Webseite der Gemeinschaft war beeindruckend professionell gestaltet: einladende Farben, lächelnde Gesichter, Versprechen von Heilung und Frieden. Nichts deutete darauf hin, dass sich hinter all dem eine dunkle Wahrheit verbergen könnte.

Er durchstöberte die Foren, die sich kritisch mit der Sekte auseinandersetzten. Viele Berichte waren anonym, aber ein Name tauchte immer wieder auf: **Martin Kessler**, ein ehemaliges Mitglied, das auspacken wollte, bevor er plötzlich verschwand. Kessler hatte behauptet, dass Orbis Communitas sich auf gefährliche Rituale einließ und dass die Führungsebene aus mächtigen Persönlichkeiten bestand, die die Öffentlichkeit manipulierten. Seine letzten Worte in einem Online-Forum waren eine düstere Warnung: "Sie beobachten mich. Sie wissen, dass ich zu viel weiß."

Max fühlte ein Zittern in seinen Fingern. Diese Worte waren identisch mit denen, die sein Bruder ihm in einer SMS geschickt hatte – die letzte Nachricht, die er von ihm erhalten hatte, bevor er starb.

Er schloss die Augen, atmete tief ein und zwang sich, nicht die Beherrschung zu verlieren. Es gab keinen Zweifel mehr. Die Spur, die er damals verloren hatte, war zurück. **Orbis Communitas** hatte etwas mit dem Tod seines Bruders zu tun, und Max würde die Wahrheit herausfinden, egal, was es kostete.

Er griff nach seinem Notizbuch, klappte es auf und schrieb zwei Worte auf die erste Seite: **Orbis Communitas**. Unterstrich sie zweimal. Dann nahm er sein Handy, wählte eine Nummer und wartete, bis die Verbindung hergestellt war.

"Hanna," sagte er, als sie abhob, seine Stimme fest und entschlossen. "Wir müssen reden. Ich habe eine Spur."

Kapitel 3: Begegnung im Schatten

Das Café war fast leer, als Max eintrat. Ein paar vereinzelte Tische standen verloren im Halbdunkel des Raumes, das Licht der Straßenlaternen draußen warf geisterhafte Schatten durch die Fenster. Es roch nach abgestandenem Kaffee und alten Geheimnissen – genau die Atmosphäre, die man von einem Treffpunkt erwartet, an dem niemand zu viele Fragen stellt.

In einer Ecke, fast verdeckt von einem riesigen Topf mit einem traurigen Gummibaum, saß Karl Wendel, das Gesicht zur Hälfte von einem Schatten verdeckt. Er hob nur leicht den Kopf, als Max sich ihm näherte, und deutete mit einem sarkastischen Lächeln auf den freien Stuhl gegenüber.

"Na, Max," sagte er und zog eine Augenbraue hoch, "hast du endlich gelernt, wie man sich unsichtbar macht, oder suchst du immer noch nach Geistern?"

Max ließ sich auf den Stuhl fallen und bestellte, ohne Karl eines Blickes zu würdigen, einen schwarzen Kaffee. "Besser nach Geistern suchen," antwortete er trocken, "als einer zu sein, Karl."

Ein kurzes, spöttisches Lachen entfuhr Karl, und er lehnte sich zurück. "Immer noch dieser beißende Humor, Max. Ich habe fast vergessen, wie sehr du versuchst, den Zyniker zu spielen, wenn du eigentlich am Rand der Verzweiflung stehst."

Max verschränkte die Arme vor der Brust und musterte Karl eindringlich. Sie hatten sich schon lange nicht mehr gesehen – zu lange. Es gab Zeiten, da waren sie mehr als nur Kollegen gewesen, fast so etwas wie Freunde, bevor der Ehrgeiz und das Streben nach Ruhm

Karl dazu brachten, Max zu verraten und eine Karriere auf seinen gescheiterten Geschichten aufzubauen.

"Was weißt du über **Orbis Communitas**, Karl?" Max wollte keine Zeit mit Höflichkeiten verschwenden. Er wusste, dass Karl seine Worte wie eine Schlange auf der Lauer abwog, immer bereit zuzuschlagen, sobald sich eine Gelegenheit bot.

KARL ZOG DIE MUNDWINKEL zu einem kalten Lächeln. "Orbis Communitas? Klingt wie ein neuer, teurer Cocktail. Was, hast du plötzlich eine Vorliebe für Sekten entwickelt? Oder ist es nur die alte Besessenheit, die aus dir spricht?"

Max spürte, wie seine Wut aufstieg, doch er zwang sich zur Ruhe. Er hatte gelernt, dass Karl nur darauf wartete, ihn aus der Fassung zu bringen. "Komm schon, Karl, wir beide wissen, dass du mehr weißt, als du zugibst. Du bist der Typ, der immer seine Finger im Spiel hat, wenn es um zwielichtige Geschichten geht."

Karl beugte sich leicht nach vorne, und Max sah das flackernde Licht in seinen Augen, das verriet, dass er den Hinweis nicht einfach ignorieren konnte. "Und was, wenn ich tatsächlich etwas weiß, Max? Glaubst du wirklich, ich würde es dir so einfach auf dem Silbertablett servieren?"

Max lehnte sich zurück, ein ironisches Lächeln auf den Lippen. "Nein, ich glaube, du würdest es mir eher vorenthalten, bis du sicher bist, dass es dir keinen Schaden zufügt. Aber du weißt genauso gut wie ich, dass wir beide dasselbe wollen – die Wahrheit. Nur scheint dir die Wahrheit oft zu viel zu kosten."

Karl zögerte einen Moment, als hätte er wirklich überlegt, ob er sich auf dieses Spiel einlassen sollte. Dann schüttelte er den Kopf. "Du hast dich kein bisschen verändert, Max. Immer noch der Idealist, der glaubt, dass es so etwas wie eine 'reine Wahrheit' gibt. Die Wahrheit ist ein verdammt schmutziges Geschäft, und du weißt das besser als jeder andere."

Max biss die Zähne zusammen. Es war genau diese zynische Einstellung, die ihn an Karl so wütend machte. "Vielleicht ist sie schmutzig, aber das bedeutet nicht, dass man aufhören sollte, nach ihr zu suchen."

Karl hob die Hände, als würde er sich ergeben. "Okay, okay, du hast mich überzeugt. Vielleicht habe ich tatsächlich ein paar Informationen über Orbis Communitas – oder zumindest ein paar interessante Kontakte." Er zog aus seiner Jackentasche eine Visitenkarte und schob sie über den Tisch.

Max sah auf die Karte, auf der nur eine Telefonnummer und der Name "Sebastian" standen. Kein Nachname, keine weiteren Details. Typisch Karl – immer nur Bruchstücke, nie das ganze Bild.

———————————

"EIN FREUND VON DIR?" fragte Max, die Augen auf die Karte gerichtet.

"Ein Freund?" Karl lachte leise. "So etwas wie Freunde habe ich nicht, Max. Das solltest du doch am besten wissen. Sebastian ist... sagen wir, jemand, der ein sehr spezielles Interesse an okkulten Gruppierungen hat. Vielleicht kann er dir ein paar Türen öffnen, die du allein nicht einmal finden würdest."

Max sah Karl direkt an, sein Blick durchdringend. "Und was willst du im Gegenzug?"

Karl lächelte, und es war ein kaltes, berechnendes Lächeln. "Nichts, was du mir nicht schon längst schuldest. Du weißt doch, wie es in unserem

Geschäft läuft – ein Gefallen für einen Gefallen. Aber keine Sorge, ich werde es dir irgendwann mitteilen, wenn die Zeit reif ist."

"Du bist und bleibst ein manipulativer Mistkerl, Karl."

"Danke, Max," erwiderte Karl mit gespielter Bescheidenheit. "Das höre ich nicht zum ersten Mal."

Das Gespräch war zu einem Ende gekommen, doch die Spannung zwischen ihnen blieb wie eine unsichtbare Wand im Raum stehen. Max wusste, dass er mit Karl einen Pakt mit dem Teufel geschlossen hatte, doch er hatte keine Wahl. Wenn er mehr über Orbis Communitas herausfinden wollte, musste er jede Spur verfolgen, auch wenn sie in die Dunkelheit führte.

———

DRAUSSEN HATTE DER REGEN nachgelassen, doch die Straßen waren noch immer nass, und das fahle Licht der Straßenlaternen spiegelte sich in den Pfützen. Max stand eine Weile vor dem Café und starrte auf die Visitenkarte in seiner Hand. Er wusste, dass das, was er tat, gefährlich war – dass er sich auf etwas einließ, das ihn endgültig zerstören könnte.

Aber er spürte auch, dass er keine andere Wahl hatte. Es gab keinen Weg zurück, nicht mehr. Die alten Wunden, die er seit dem Tod seines Bruders in sich trug, hatten sich wieder geöffnet, und dieses Mal wollte er die Antwort finden, die er damals nicht bekommen hatte.

Er steckte die Karte in die Tasche und ging langsam die Straße hinunter, die kalte Nachtluft drang durch seine Kleidung und ließ ihn frösteln. Es gab keine Zeit für Zweifel, keine Zeit für Rückzieher. **Orbis Communitas** war der Schlüssel, und wenn Karl ihm diesen Schlüssel gegeben hatte, dann würde Max die Tür öffnen – egal, was sich dahinter verbarg.

IN EINER SEITENSTRASSE blieb Max stehen und schaute sich um. Ein seltsames Gefühl überkam ihn – das Gefühl, beobachtet zu werden. Er konnte es nicht genau erklären, aber es war da, dieses unangenehme Kribbeln im Nacken, das ihn zwang, die Augen zusammenzukneifen und die Dunkelheit nach einer Bewegung abzusuchen.

Nichts. Die Straße war leer, nur das monotone Tropfen des Regens und das entfernte Summen der Stadt waren zu hören. Er schüttelte den Kopf und wollte weitergehen, doch dann fiel ihm ein dunkler Schatten auf, der sich hinter einem geparkten Auto bewegte.

"Verdammt," murmelte er leise und griff instinktiv nach seinem Handy. Er wusste, dass er jetzt nicht den Helden spielen sollte, dass er lieber in die Sicherheit seiner Wohnung zurückkehren sollte. Aber etwas in ihm, ein dunkles, hartnäckiges Bedürfnis, die Wahrheit zu finden, trieb ihn an. Er schlich näher an das Auto heran, seine Schritte so leise wie möglich.

Doch als er hinter dem Wagen hervorsprang, war der Schatten bereits verschwunden. Zurück blieb nur eine schwache, unerklärliche Spur von Parfüm, die die Luft für einen Moment durchzog, bevor sie sich in der feuchten Nacht verlor.

Max blieb einen Moment lang wie versteinert stehen, sein Herz hämmerte in seiner Brust. Dann schüttelte er den Kopf, steckte das Handy weg und machte sich auf den Weg nach Hause. Die Antworten würden kommen – er würde sie nur ein wenig härter suchen müssen.

Hinter ihm, in den Schatten der Straße, flackerte kurz eine Bewegung, doch Max bemerkte sie nicht. Der Jäger war noch nicht fertig mit seiner Beute.

Kapitel 4: Verborgene Zeichen

M̲ax saß in seiner kleinen, chaotischen Wohnung, die von Zeitungsartikeln, Notizen und verstaubten Büchern übersät war. Der Geruch von abgestandenem Kaffee und kaltem Zigarettenrauch hing schwer in der Luft. Vor ihm, auf dem Schreibtisch, lag das seltsame Amulett, das er in den Sachen des Verstorbenen gefunden hatte. Ein kreisförmiges Symbol, in dem sich eine Schlange mit offenem Maul krümmte, als würde sie jeden Moment zuschlagen. Max konnte den Blick nicht abwenden. Dieses Symbol verfolgte ihn nun schon seit Tagen.

„Orbis Communitas…", murmelte er, während er das Amulett zwischen seinen Fingern drehte. Das Ding fühlte sich kalt und unangenehm an, als hätte es ein Eigenleben.

Er wusste, dass es nur einen Ort gab, an den er jetzt gehen musste, um herauszufinden, was das bedeutete. Miriam Stadler – die einzige Person in dieser Stadt, die sich wirklich mit den Symbolen auskannte, die man lieber nicht hinterfragen sollte.

MIRIAM STADLERS BÜRO lag in einem unauffälligen Gebäude am Rand der Stadt, irgendwo zwischen einer verfallenen Fabrik und einem halbherzig renovierten Altbau. Max kannte diesen Ort gut – er hatte ihn vor Jahren zum letzten Mal betreten, als er noch hoffte, dass man durch das Verständnis dunkler Symbole Antworten auf all die ungeklärten Fragen finden könnte.

„Oh, Max Stolz. Wie schön, dass du mich mal wieder beehrst!" Miriams Stimme tropfte vor Sarkasmus, als sie ihn an der Tür empfing.

Sie war eine schlanke Frau mit streng zurückgebundenem dunklem Haar und einer Brille, die so wirkte, als hätte sie jahrzehntelang nur darauf gewartet, tiefe Geheimnisse zu durchdringen. Ihre Augen funkelten in einer Mischung aus Neugier und gereizter Skepsis.

Max hob das Amulett hoch, bevor er überhaupt ein Wort sagen konnte. „Was kannst du mir über dieses kleine Schmuckstück sagen?"

Miriam hob eine Augenbraue und griff nach dem Amulett. Sie ließ es durch ihre Finger gleiten, als würde sie jede einzelne Unregelmäßigkeit des Metalls in sich aufnehmen. Ein ironisches Lächeln umspielte ihre Lippen. „Du hast dir wieder was Schönes eingebrockt, Max. Was hast du diesmal angestellt? Einen Fluch über dich gebracht? Oder hast du einfach Lust auf ein bisschen dunkle Magie?"

Max verdrehte die Augen und ließ sich auf den abgenutzten Sessel sinken, der gegenüber von Miriams chaotischem Schreibtisch stand. „Spar dir die Show, Miriam. Ich brauche Fakten, keine psychologischen Spielchen."

Miriam setzte sich mit einem kleinen, amüsierten Lächeln auf ihren Bürostuhl, das Amulett fest in ihrer Hand. „Oh, ich dachte, du liebst psychologische Spielchen. Schließlich sind sie dein Metier."

———————

MIRIAM BETRACHTETE das Amulett einige Augenblicke schweigend und strich mit dem Finger über die gravierten Linien. Dann lehnte sie sich zurück und seufzte. „Das ist ein altes Symbol, Max. Sehr alt. Es stammt aus einer Zeit, in der sich Geheimbünde und Kulte darauf spezialisiert haben, ihre Macht durch Symbole und Rituale zu manifestieren. Diese Schlange – sie repräsentiert oft den Zyklus von Leben und Tod, aber in diesem Kontext..." Sie hielt inne und sah Max direkt in die Augen. „...hat sie eine ganz andere Bedeutung. Eine gefährlichere."

„Gefährlicher als ein paar esoterische Spinner, die sich für die Erleuchteten halten?", fragte Max spöttisch, aber er spürte, wie ihm ein kalter Schauer über den Rücken lief.

Miriam lächelte dünn. „Du bist wieder einmal viel zu zynisch, Max. Diese Leute sind nicht einfach nur Spinner. Orbis Communitas ist nicht irgendein harmloser Verein. Es ist eine Organisation, die ihre Anhänger kontrolliert – mit psychologischen Tricks, spirituellen Ritualen und... na ja, du hast ja selbst genug gesehen."

Max lehnte sich vor, seine Augen verengten sich. „Was weißt du über sie?"

Miriam zögerte, bevor sie antwortete. „Sie benutzen Symbole wie dieses, um Menschen an sich zu binden. Dieses Amulett ist ein Zeichen für Loyalität. Es ist ein Versprechen – oder ein Fluch, je nachdem, wie man es sieht. Wenn du dieses Symbol bei einem Toten gefunden hast, dann würde ich sagen, dass du gerade auf eine gefährliche Wahrheit gestoßen bist."

MAX STRICH SICH ÜBER das Kinn, seine Stirn in tiefen Falten. „Ich brauche mehr, Miriam. Wer steckt wirklich hinter Orbis Communitas?"

Miriam legte das Amulett vorsichtig auf den Tisch und faltete die Hände. Ihre Stimme wurde ernst. „Es ist kein Geheimnis, dass ich eine Weile versucht habe, ihre Methoden zu verstehen. Ihre Fähigkeit, Menschen zu manipulieren, ist beängstigend effektiv. Sie wissen genau, wie man Schwachstellen findet, wie man Ängste schürt und Vertrauen gewinnt. Und sie sind äußerst gut darin, diejenigen, die zu viel wissen, zum Schweigen zu bringen."

„Du hast Angst", stellte Max trocken fest, seine Stimme schneidend.

„Natürlich habe ich Angst!", gab Miriam zurück, ihre Augen blitzten vor Ärger. „Aber das unterscheidet uns beide, Max. Du gehst blindlings in jede Gefahr, als wäre es ein verdammtes Spiel, während ich verstehe, wie gefährlich diese Menschen wirklich sind."

Max zuckte nur mit den Schultern. „Manchmal muss man ein Risiko eingehen, um die Wahrheit herauszufinden."

Miriam schüttelte den Kopf und seufzte tief. „Max, das hier ist kein Spiel. Wenn du weiter in dieser Sache herumstocherst, wirst du irgendwann an einen Punkt kommen, an dem es kein Zurück mehr gibt. Diese Organisation hat Verbindungen, die weit über das hinausgehen, was du dir vorstellen kannst."

MAX STAND AUF, SEINE Augen fest auf Miriam gerichtet. „Ich weiß, was auf dem Spiel steht, Miriam. Aber ich habe keine Wahl. Es geht nicht nur um diesen Fall – es geht um meinen Bruder und all die anderen, die in ihrem Netz gefangen sind."

Miriam hob eine Hand, als wolle sie ihn aufhalten. „Du hast keine Ahnung, wie weit ihre Macht reicht. Sie haben Politiker, Geschäftsleute und sogar die Medien in ihren Fängen. Wenn du wirklich weitermachen willst, dann..." Sie hielt inne und griff unter ihren Schreibtisch, um ein altes, vergilbtes Buch hervorzuholen.

„Was ist das?", fragte Max, als sie es vor ihm aufschlug. Die Seiten waren voller handgeschriebener Notizen, Diagramme und seltsamer Symbole – einige davon ähnelten dem Schlangen-Amulett.

„Das hier ist alles, was ich über Orbis Communitas finden konnte", sagte Miriam leise. „Es ist ein Fragment der Wahrheit. Aber es ist nicht vollständig – und vielleicht ist das auch besser so."

Max ließ seine Finger über die vergilbten Seiten gleiten. „Woher hast du das?"

„Das ist meine Sache", antwortete Miriam scharf. „Aber wenn du wirklich weitermachen willst, Max, dann nimm dieses Buch und geh. Aber vergiss nicht: Du kannst jetzt nicht mehr einfach aufhören. Was du hier entdeckst, wird dich entweder zur Wahrheit führen – oder zerstören."

Max nahm das Buch, ohne ein weiteres Wort zu sagen. Er wusste, dass Miriam Recht hatte – es gab jetzt kein Zurück mehr. Doch als er die Tür zu Miriams Büro öffnete und in die dunkle, verregnete Straße hinaustrat, konnte er nicht umhin, zu denken, dass es auch kein Vorwärts gab, ohne ein weiteres Opfer zu bringen.

———————————

DRAUSSEN REGNETE ES immer noch, und die Kälte schien Max bis in die Knochen zu dringen. Er drückte das Buch fest an sich, als wäre es der einzige Anker in einem tobenden Sturm. Die Straßenlaternen warfen lange Schatten auf den Gehsteig, und in diesem Moment fühlte er sich kleiner und verletzlicher als je zuvor.

Doch gleichzeitig spürte er eine Entschlossenheit, die ihm neues Leben einhauchte. Es war, als hätte ihm das Amulett die Augen geöffnet – als wäre ihm nun klar, dass er nicht nur nach Antworten suchte, sondern nach einem Weg, seine eigene Schuld zu sühnen.

„Egal, was es kostet", flüsterte er in die Nacht. „Ich werde die Wahrheit finden."

Mit diesen Worten verschwand er im Regen, das Buch in seiner Jackentasche versteckt, und ahnte nicht, dass die Schatten hinter ihm sich zu bewegen begannen – als wären sie von einer unsichtbaren Hand gelenkt, die ihn beobachtete, jeden seiner Schritte verfolgte.

Die Jagd hatte gerade erst begonnen.

Kapitel 5: Der Schleier lüftet sich

———

E s war eine dieser schlaflosen Nächte, in denen die Stadt selbst zu atmen schien. Max saß in seiner dunklen Wohnung, beleuchtet nur vom schwachen Licht seines Laptop-Bildschirms. Die Kälte des Regens, der unablässig gegen das Fenster prasselte, schien die Wände zu durchdringen. Er hatte gerade die letzte Seite des alten Buches umgeblättert, das ihm Miriam gegeben hatte, als sein Posteingang plötzlich aufleuchtete.

Eine neue E-Mail.

Betreff: *"Sie beobachten dich."*

Max' Finger zitterten leicht, als er auf die Nachricht klickte. Der Text bestand aus nur einem Satz: "Du bist tiefer verstrickt, als du denkst." Es gab keine Unterschrift, keinen Hinweis auf den Absender. Aber der Anhang ließ keinen Raum für Missverständnisse: Ein unscharfes Bild von ihm, aufgenommen direkt vor seiner Wohnung.

"Charmant", murmelte Max, während er das Foto vergrößerte. „Sie hätten wenigstens mein gutes Profil erwischen können." Doch sein sarkastischer Tonfall konnte die plötzliche Kälte in seinem Inneren nicht überdecken. Ein leises Flackern von Angst stieg in ihm auf, und er zwang sich, ruhig zu atmen.

———

MAX DRÜCKTE SICH VON seinem Stuhl hoch und ging zur Fensterbank, sein Blick suchte die dunklen Straßen unter ihm ab. Nichts. Keine Bewegung, nur das unaufhörliche Trommeln des Regens. Seine Hand glitt unbewusst zu der alten Kamera, die er immer auf dem Regal neben dem Fenster aufbewahrte, eine Angewohnheit aus seiner Zeit als investigativer Journalist. Er nahm sie und machte ein paar schnelle Aufnahmen der leeren Gasse, nur für den Fall, dass später etwas auffällig schien.

Zurück am Laptop klickte er auf "Antworten" und tippte: *„Du hast deinen Spaß, was? Vielleicht schickst du mir beim nächsten Mal eine bessere Perspektive."* Mit einem nervösen Lächeln drückte er auf "Senden". Es war ein schwacher Versuch, die Kontrolle zu behalten, doch er wusste, dass es ihm nichts bringen würde.

Plötzlich piepte sein Computer erneut. Eine weitere E-Mail.

Absender: *Unbekannt.*

Betreff: *"Du spielst ein gefährliches Spiel."*

Diesmal öffnete Max die Nachricht langsamer, fast zögerlich. Es war wieder nur ein Satz: "Die Wahrheit liegt näher, als du glaubst."

„Oh, großartig", sagte Max laut zu sich selbst, seine Stimme triefte vor Sarkasmus. „Ein anonymer Stalker mit einem Hang zu dramatischen Andeutungen. Genau das, was ich gebraucht habe."

ER LEHNTE SICH IN SEINEM Stuhl zurück und schloss die Augen, während er versuchte, die rasenden Gedanken in seinem Kopf zu ordnen. Jemand beobachtete ihn – das war jetzt klar. Aber wer? Orbis Communitas? Jemand, der nicht wollte, dass er weiter in der Sache herumstocherte? Oder ein ganz anderer Spieler, den er noch nicht einmal erkannt hatte?

Sein Handy summte leise, und Max zuckte zusammen. Er griff danach und entsperrte es mit einem schnellen Wischen. Eine neue Nachricht von einer unbekannten Nummer: *„Genieße den Regen, solange du noch kannst."*

Max warf das Handy auf den Tisch und starrte es an, als wäre es eine giftige Schlange. „Wirklich kreativ, Leute. Lasst mich raten – als nächstes schickt ihr mir eine schwarze Rose?"

Er spürte, wie sein Herz schneller schlug. Die Bedrohung war real, und plötzlich wurde ihm klar, dass er in etwas viel Größeres hineingeraten war, als er jemals vermutet hatte.

———————

IN DEN NÄCHSTEN STUNDEN durchsuchte Max fieberhaft das Internet, versuchte die E-Mails zurückzuverfolgen, ohne Erfolg. Jede Spur führte in eine Sackgasse, jede Information schien ins Leere zu laufen. Er wusste, dass er nicht genug technisches Wissen hatte, um diese Spur alleine zu verfolgen, aber die Möglichkeit, sich Hilfe zu holen, war riskant. Es bedeutete, jemanden in seine Angelegenheit hineinzuziehen – jemanden, der genauso in Gefahr geraten könnte wie er.

Miriam fiel ihm ein, aber er wusste, dass sie ihm raten würde, aufzuhören. "Manchmal ist es besser, die Dinge ruhen zu lassen", hatte sie ihm mehr als einmal gesagt. Doch Max konnte nicht aufgeben. Nicht jetzt, wo er endlich so nah an der Wahrheit zu sein schien.

Stattdessen griff er nach seinem Telefon und wählte eine Nummer, die er sich in einem schwachen Moment notiert hatte. Benedikt Richter – der Anwalt, der früher für Orbis Communitas gearbeitet hatte und nun behauptete, ausgestiegen zu sein. Max hatte ihm nie wirklich getraut, doch im Moment war er seine einzige Chance.

———————

EINE STUNDE SPÄTER stand Max in einem verlassenen Park im Berliner Süden, der Regen hatte sich in einen kalten, stechenden Nieselregen verwandelt. Unter einem der alten, knorrigen Bäume wartete er auf Benedikt. Er sah auf die Uhr – zehn Minuten zu spät. Typisch.

Schließlich tauchte eine dunkle Gestalt am Rande des Parks auf und näherte sich zögernd. Max erkannte Benedikt an seinem teuren Mantel und dem stets gepflegten Erscheinungsbild, das so gar nicht zu der heruntergekommenen Umgebung passte.

„Pünktlich wie immer", bemerkte Max, als Benedikt sich näherte. „Du bist wohl der Meinung, dass Verspätung zum Charme eines Anwalts gehört?"

„Ich wollte sicherstellen, dass du alleine bist", antwortete Benedikt mit einem Lächeln, das mehr Arroganz als Freundlichkeit ausstrahlte. „Und ich wollte sehen, ob du tatsächlich so dumm bist, hier aufzutauchen."

„Nun, Überraschung. Ich bin so dumm", konterte Max und griff in seine Tasche, um das Amulett hervorzuziehen. „Erzähl mir, was du darüber weißt."

Benedikts Lächeln verschwand, als er das Symbol sah. „Wo hast du das her?", fragte er, und seine Stimme verlor plötzlich jegliche Selbstgefälligkeit.

„Das tut nichts zur Sache. Sag mir einfach, was es bedeutet."

———

BENEDIKT STARRTE AUF das Amulett, als ob es ihn hypnotisieren würde. Er holte tief Luft und begann zu sprechen, seine Stimme gedämpft und zögerlich: „Das ist eines der ältesten Symbole von Orbis

Communitas. Es wird nur an diejenigen vergeben, die sich als... besonders treu erwiesen haben."

„Besonders treu?" Max lachte trocken. „Du meinst hörig, oder?"

„Nenn es, wie du willst", erwiderte Benedikt und zuckte mit den Schultern. „Aber wenn du das Amulett bei einem Toten gefunden hast, bedeutet das nur eins: Du bist viel tiefer in ihre Angelegenheiten verwickelt, als du glaubst."

„Ach, wirklich?", sagte Max sarkastisch. „Das kommt ja völlig überraschend, ich dachte, ich hätte es hier nur mit einer weiteren harmlosen Yoga-Gruppe zu tun."

Benedikt trat einen Schritt zurück und sah sich nervös um. „Max, hör mir zu. Diese Leute sind gefährlich. Wenn sie wissen, dass du das Amulett hast, dann bist du schon ein toter Mann."

„Das ist wohl kaum eine Neuigkeit", erwiderte Max kalt. „Ich bin nicht hier, um mir noch mehr Drohungen anzuhören. Ich will Antworten."

BENEDIKT SENKTE DEN Blick und nickte langsam. „Es gibt jemanden, der dir mehr über das Amulett und seine Bedeutung erzählen könnte. Jemanden, der tiefer in der Organisation steckt als ich es jemals war. Aber... es ist ein Risiko, ihn zu kontaktieren."

„Risiko ist mein zweiter Vorname", sagte Max trocken und trat näher an Benedikt heran. „Wer ist es?"

Benedikt zögerte einen Moment, bevor er leise antwortete: „Hanna Bauer. Sie war früher eine der Vertrauenspersonen des Anführers. Sie hat Dinge gesehen, die die meisten sich nicht einmal vorstellen können."

„Und wo finde ich sie?“

„Das... ist das Problem. Sie lebt im Untergrund. Und sie wird nicht glücklich sein, wenn du sie findest.“

Max steckte das Amulett wieder in die Tasche und sah Benedikt mit scharfem Blick an. „Dann wird es wohl Zeit, die Jagd zu eröffnen.“

Mit diesen Worten drehte er sich um und ging, ohne sich noch einmal umzusehen. Er wusste, dass dies nur der Anfang war – ein Anfang, der ihn direkt in den Abgrund führen könnte.

Kapitel 6: Die Frau mit der Narbe

Max hatte den Treffpunkt sorgfältig gewählt. Ein verlassenes Lagerhaus am Rand von Berlin, dort, wo die Stadt in Industriebrachen überging. Es war der perfekte Ort für ein heimliches Treffen – keine neugierigen Augen, nur der Wind, der durch die rostigen Metallträger pfiff, und das Knirschen zerbrochener Glasfenster im Nieselregen. Hanna Bauer, die Frau, die er so dringend finden musste, war nicht leicht zu überzeugen gewesen. Ein Name, der in den Kreisen von Orbis Communitas wie ein Schatten flüsterte, von dem jeder wusste, aber niemand laut sprach.

Er stand mitten im Raum, lauschte dem Hall seiner eigenen Schritte auf dem Betonboden. Sein Herz schlug schneller, als das Knirschen von Kies unter schweren Stiefeln seine Aufmerksamkeit auf sich zog. Sie war da.

Aus dem Dunkel der Halle trat sie hervor – schlank, zierlich, doch mit einer Härte, die jeden Zweifel an ihrer Entschlossenheit erstickte. Ihr Gesicht war blass, gezeichnet von Erlebnissen, die Max sich kaum vorstellen konnte. Eine feine, weiße Narbe zog sich von ihrem linken Augenwinkel bis hinunter zur Wange und betonte ihre hohen Wangenknochen. Die Augen, kalt und durchdringend, hielten ihn fest wie zwei scharfe Klingen. Max fühlte sich, als würde sie seine Seele durchbohren.

„Also, du bist Max Stolz", sagte sie trocken, ihre Stimme klang wie das Kratzen von Sandpapier auf Metall.

„Und du bist Hanna", entgegnete er, wobei er das Amulett aus seiner Tasche zog und es zwischen seinen Fingern schwenkte. „Lass uns keine Zeit verlieren."

Sie zuckte kaum merklich zusammen, als sie das Symbol erblickte. Ein Schatten huschte über ihr Gesicht, bevor sie ihre Kontrolle zurückerlangte. „Du weißt nicht, womit du dich da einlässt", sagte sie kühl und verschränkte die Arme vor der Brust.

„Das ist die magische Floskel, die jeder mir zu sagen scheint", antwortete Max mit einem sarkastischen Lächeln. „Wie wäre es stattdessen mit ein paar konkreten Informationen?"

HANNA MUSTERTE IHN schweigend, bevor sie einen Schritt auf ihn zu machte, so nah, dass Max ihren Atem auf seiner Haut spüren konnte. „Du spielst mit Feuer", sagte sie leise, ihre Stimme zischte wie ein Zündholz, das kurz vor dem Entzünden steht.

„Feuer hält wenigstens warm", erwiderte Max trocken, ohne einen Moment zu zögern. „Und manchmal muss man sich verbrennen, um zu wissen, dass man noch lebt."

Ein kurzes, hartes Lachen entrang sich ihrer Kehle, dann trat sie einen Schritt zurück und nickte fast unmerklich. „Du bist genauso stur, wie sie gesagt haben", murmelte sie, während sie die Augenbrauen hob.

„Sie?" Max' Stimme wurde härter, seine Augen verengten sich. „Wen meinst du? Wer hat von mir gesprochen?"

Hanna ließ die Frage unbeantwortet und begann, im Raum auf und ab zu gehen. „Du hast keine Ahnung, worauf du dich einlässt, oder? Diese Leute... sie werden nicht zögern, dich aus dem Weg zu räumen, wenn du zu neugierig wirst."

„Das ist mir durchaus bewusst", antwortete Max. „Das haben sie mir bereits sehr deutlich gemacht. Aber ich habe nicht vor, mich einschüchtern zu lassen."

HANNA BLIEB STEHEN, ihre Augen fixierten ihn intensiv. „Warum ich?" fragte sie unvermittelt, und ihre Stimme klang plötzlich weicher, verletzlicher. „Warum kommst du zu mir?"

„Weil du mehr weißt, als du zugibst", sagte Max ohne zu zögern. „Und weil ich glaube, dass du es satt hast, dich zu verstecken."

Ihre Gesichtszüge verhärteten sich wieder, und sie schüttelte kaum merklich den Kopf. „Du hast keine Ahnung, was ich gesehen habe, was ich... was ich getan habe. Es gibt Dinge, die besser im Verborgenen bleiben."

„Vielleicht", erwiderte Max und trat einen Schritt näher an sie heran, „aber das bedeutet nicht, dass sie dort bleiben sollten."

Ein Moment des Schweigens, schwer wie Blei, legte sich zwischen sie. Hanna senkte den Blick, als ob sie in einem inneren Kampf gefangen sei. Schließlich hob sie den Kopf und ihre Augen blitzten vor einer Mischung aus Zorn und Entschlossenheit. „Gut", sagte sie. „Ich werde dir helfen. Aber sei gewarnt: Wenn du mich verrätst, wird das deine letzte Entscheidung sein."

Max lächelte leicht. „Ich habe nicht vor, dir in den Rücken zu fallen. Außerdem", fügte er ironisch hinzu, „du siehst nicht aus wie jemand, den man leicht verraten könnte."

HANNA SCHIEN SEINE Antwort einen Moment abzuwägen, dann deutete sie auf das Amulett in seiner Hand. „Das Symbol", sagte sie, ihre Stimme wieder fest, „es ist mehr als nur ein Zeichen. Es ist ein Versprechen – und ein Fluch."

„Fluch?" Max' Augenbrauen schossen nach oben. „Du klingst, als wärst du direkt aus einem dieser billigen Horrorfilme entstiegen."

„Denk, was du willst", antwortete sie kühl. „Aber für die Mitglieder von Orbis Communitas ist dieses Symbol der Beweis für absolute Loyalität. Wer es trägt, hat sich einem Versprechen verpflichtet – einem, das man nicht so leicht bricht."

Max spürte eine Mischung aus Faszination und Abscheu. „Und du? Warst du eine von ihnen?"

Ein Schatten verdunkelte ihr Gesicht. „Mehr, als du dir vorstellen kannst", flüsterte sie leise, und ihre Finger berührten unbewusst die Narbe an ihrer Wange. „Aber das ist Vergangenheit."

„Vergangenheit hat die Angewohnheit, uns einzuholen", sagte Max, ohne den Blick von ihr abzuwenden.

„Ja", antwortete sie trocken. „Und manchmal trifft sie uns wie ein Zug."

MAX UND HANNA VERBRACHTEN die nächsten Stunden damit, Informationen auszutauschen, die Bruchstücke einer Geschichte, die Max nur erahnen konnte. Es war klar, dass sie tief in die Strukturen der Sekte verstrickt gewesen war, aber immer, wenn er nach den wirklich wichtigen Details fragte, wich sie aus oder wechselte das Thema. Doch eine Sache wurde ihm schnell klar: Hanna wusste mehr, als sie preisgab, und sie war nicht bereit, alles auf einmal zu verraten.

„Du wirst Geduld haben müssen, Max", sagte sie schließlich, als sie das Lagerhaus verließen und der Regen in dichten Schleiern auf sie herabfiel. „Einige Wahrheiten müssen Stück für Stück ans Licht kommen. Sonst verbrennen sie uns."

„Wieder eine dieser klugen Weisheiten, die du aus deiner Zeit in der Sekte mitgenommen hast?" fragte er spöttisch.

Hanna lächelte zum ersten Mal wirklich, ein Lächeln, das sowohl traurig als auch schmerzlich ehrlich war. „Manchmal sind die einzigen Wahrheiten, die wir haben, die, die uns am meisten weh tun."

Kapitel 7: Zwischen den Zeilen

———

M ax saß in seiner kleinen, überfüllten Küche, den Blick starr auf
Hanna gerichtet, die gegenüber am Tisch saß. Ihre Hände
umklammerten die Tasse Tee so fest, dass die Knöchel weiß
hervortraten. Draußen war es dunkel geworden, und das Licht der
Straßenlaternen warf lange, flackernde Schatten in den Raum. Die
Atmosphäre war dicht, beinahe erstickend, und Max wusste, dass er
vorsichtig sein musste. Hanna hatte zugestimmt, zu sprechen, aber er
spürte, wie jeder Moment zu einem Drahtseilakt wurde.

„Also", begann er langsam, als sie beide schweigend da saßen, „du hast
mir versprochen, mehr über diese Leute zu erzählen. Was genau hast du
für sie getan?"

Sie schnaubte, und ein bitteres Lächeln verzog ihre Lippen. „Was ich
für sie getan habe? Oder was sie mir angetan haben? Es ist schwer zu
sagen, was schlimmer war."

Max lehnte sich zurück und verschränkte die Arme. „Nun, warum
fängst du nicht ganz von vorne an?"

———

HANNA ZÖGERTE, BEVOR sie zu sprechen begann. Ihre Augen
hatten einen leeren, fernen Ausdruck, als ob sie tief in eine Erinnerung
eintauchte, die sie lieber vergessen hätte.

„Es beginnt immer gleich", sagte sie leise. „Du bist verloren, verletzt,
auf der Suche nach etwas – nach einem Sinn, nach einer Familie, nach
Liebe. Sie finden dich in dem Moment, in dem du am schwächsten

bist. Und sie bieten dir genau das, was du brauchst: Erlösung. Sie versprechen, dich zu retten... und du glaubst es."

Max nickte, seine Skepsis verbarg er hinter einem neutralen Gesichtsausdruck. „Und dann? Was passiert, wenn du Teil davon wirst?"

Hanna lachte leise, ein Laut, der weder Freude noch Humor enthielt. „Dann beginnt die wahre Magie. Die Rituale, die Versprechen. Sie schaffen eine Welt, in der alles einen Sinn hat – aber nur innerhalb ihrer Mauern. Sie geben dir eine neue Identität, einen neuen Namen, und du wirst Teil einer Familie, die dir alles gibt... aber dafür alles nimmt."

„Klingt ja nach einer großartigen Investition", spottete Max, während er einen Schluck kalten Kaffee nahm. „Gib uns dein Leben, und wir geben dir... was genau?"

„Nichts", entgegnete Hanna und legte die Tasse ab, „nur eine Illusion, die irgendwann zur Hölle wird. Es beginnt mit kleinen Opfern – ein paar Stunden deiner Zeit, ein bisschen Geld. Doch bald merken sie, wer bereit ist, weiter zu gehen. Und wenn sie dich erst einmal im Griff haben, gibt es kein Zurück."

MAX BEUGTE SICH VOR, seine Neugier kaum verbergend. „Diese Rituale – was genau steckt dahinter?"

Hanna zögerte einen Moment, bevor sie antwortete. „Das Symbol, das du gefunden hast", sagte sie langsam, „ist nur der Anfang. Es steht für ein Versprechen – ein Versprechen, das du mit deinem Blut gibst. Die Rituale... sie sind so gestaltet, dass du deine Loyalität beweist, dass du jedes Stück deines alten Lebens zurücklässt und dich völlig ihrer Kontrolle hingibst."

„Was für eine poetische Art, um Gehirnwäsche zu betreiben", sagte Max sarkastisch. „Und wie genau sah das bei dir aus?"

Hanna schluckte schwer und schloss für einen Moment die Augen. „Ich war jung, naiv. Sie sagten mir, ich hätte eine besondere Gabe, dass ich eine Führerin werden könnte, wenn ich nur... folge. Also tat ich es. Ich unterwarf mich ihren Prüfungen, ihren..." – sie zögerte – „Ritualen. Blutopfer, Meditationen, Selbstverleugnung. Sie versprachen, dass ich durch den Schmerz rein werde, dass ich wahre Erleuchtung erlangen würde."

Max' Augenbrauen hoben sich. „Blutopfer? Klingt ziemlich mittelalterlich."

„Oh, du hättest ihre Freude gesehen, als das Blut floss", sagte sie bitter und strich sich eine Haarsträhne aus dem Gesicht. „Es ist nicht das Blut, das zählt. Es ist die Hingabe. Sie testen deine Grenzen – wie weit du bereit bist zu gehen, wie viel du bereit bist zu opfern. Dein Stolz, deine Identität, deine Freiheit... und am Ende dein Leben."

———

DIE SPANNUNG IM RAUM wuchs, während Hannas Erzählung immer düsterer wurde. Max konnte die Beklommenheit, die sie ausstrahlte, förmlich spüren. Sie hatte sich selbst verloren, das wurde ihm klar, und die Narbe auf ihrer Wange war nur ein schwaches Echo dessen, was sie durchgemacht hatte.

„Du denkst, du bist frei, wenn du dich ihnen anschließt", fuhr sie fort, ihre Stimme schneidend wie ein Messer. „Doch du wirst zu ihrem Gefangenen. Sie isolieren dich von der Außenwelt, sie sagen dir, dass jeder außerhalb der Gemeinschaft dich nicht versteht, dass sie dich alle nur zerstören wollen."

„Klassische Kultlogik", bemerkte Max kühl. „Jeder außerhalb ist der Feind, und nur drinnen bist du sicher. Ein alter Trick, der immer noch funktioniert."

„Aber nicht nur das", sagte Hanna und hob eine Hand, als wollte sie eine unsichtbare Barriere abwehren. „Es ist die Art, wie sie sprechen, wie sie dich anschauen. Alles, was sie tun, ist darauf ausgelegt, dich zu manipulieren. Sie füttern deine Sehnsüchte, sie nähren deine Hoffnungen, und sie zermalmen deine Zweifel, bis du glaubst, dass ihre Welt die einzige Realität ist, die zählt."

„Und du hast es geglaubt." Max' Stimme war leise, aber es lag ein Vorwurf darin.

„Ja", flüsterte Hanna, und ihre Augen füllten sich mit Tränen. „Ja, das habe ich. Bis ich die Wahrheit sah. Und als ich sie endlich erkannte, war es zu spät."

———

MAX LEHNTE SICH ZURÜCK, dachte über ihre Worte nach und spürte, dass dies der Moment war, in dem er einen entscheidenden Durchbruch erzielen konnte. „Du weißt viel, Hanna", sagte er bedächtig. „Mehr, als du zugibst. Diese Sekte – Orbis Communitas – sie hat dich zerstört. Aber ich glaube, dass du den Schlüssel in der Hand hältst, um sie auch zu Fall zu bringen."

Hanna lachte bitter, und es war ein kaltes, gebrochenes Lachen. „Du bist genauso naiv wie ich es war. Du denkst, du kannst sie besiegen, nur weil du die Wahrheit kennst? Die Wahrheit reicht nicht aus, Max. Sie sind überall. Ihre Verbindungen, ihre Macht, ihr Einfluss – sie reichen weit über das hinaus, was du dir vorstellen kannst."

„Dann hilf mir", sagte er, seine Stimme plötzlich hart und eindringlich. „Hilf mir, sie zu finden, zu entlarven, zu zerstören. Du bist hier, weil du das Gleiche willst, nicht wahr?"

Hanna sah ihn lange an, bevor sie endlich nickte. „Ja", sagte sie. „Aber du musst verstehen – sie werden dich zerstören, wenn du dich gegen sie stellst. Sie werden dich jagen, dich brechen, und wenn sie dich nicht kriegen, werden sie die zerstören, die dir wichtig sind."

„Das Risiko bin ich bereit einzugehen", antwortete Max fest, obwohl ihm klar war, dass die Angst, die sich in seiner Brust festsetzte, eine ganz andere Geschichte erzählte.

„Du verstehst es immer noch nicht", flüsterte sie. „Für sie bist du nicht mehr als ein kleines, lästiges Problem. Aber für mich..." Ihre Stimme brach ab, und sie sah zur Seite. „Ich habe Dinge gesehen, Max. Dinge, die du nicht einmal in deinen schlimmsten Albträumen erahnen kannst."

Er wollte noch mehr fragen, doch er wusste, dass er sie nicht weiter drängen konnte. Hanna war wie eine Schachfigur, die ihren nächsten Zug sorgfältig abwägte. Und Max? Er war der Spieler, der glaubte, das Spiel zu kennen, obwohl das Brett längst in Flammen stand.

Kapitel 8: Maskerade

———

D ie Gala, die Max an diesem Abend betrat, hätte nicht pompöser sein können. Der Ballsaal des historischen Berliner Hotels war in goldenes Licht getaucht, während sich die Elite der Stadt in ihren teuersten Abendroben zwischen glitzernden Kristalllüstern und exquisiten Buffets bewegte. Max fühlte sich fehl am Platz in seinem dunkelblauen Anzug, der zwar elegant, aber nicht annähernd so extravagant war wie die maßgeschneiderten Kreationen der Anwesenden. Er hasste solche Events, doch dieses Mal war er nicht hier, um Champagner zu trinken oder Kontakte zu knüpfen – er war hier, weil Joachim Kaufmann ebenfalls hier sein würde.

Max ließ seinen Blick über die Menge schweifen, versuchte, jede Bewegung, jedes geflüsterte Gespräch zu registrieren. Er wusste, dass er nicht der einzige war, der hier etwas suchte. Sein Herzschlag beschleunigte sich, als er schließlich Joachim in einer Ecke des Saals erblickte, umringt von Politikern, Bankiers und dem typischen Berlinadel, der nichts lieber tat, als sich im Scheinwerferlicht zu sonnen.

———

„HERR STOLZ, WELCH EINE Überraschung", sagte Joachim Kaufmann mit einem breiten Lächeln, als Max sich dem Kreis näherte. „Ich dachte, Sie meiden solche Veranstaltungen."

„Normalerweise ja", antwortete Max kühl, seine Hände tief in die Taschen seines Anzugs gesteckt. „Aber für gewisse Leute mache ich gerne eine Ausnahme."

Joachims Lächeln wirkte eingefroren, seine Augen jedoch verrieten eine Spur von Gereiztheit. „Ach, Sie meinen sicherlich unsere ‚gemeinsame Vergangenheit'. Ich dachte, wir hätten die alten Geschichten längst ad acta gelegt?"

Max lächelte, doch es war das Lächeln eines Raubtiers, das auf seine Beute wartet. „Vergangenheit hat die unangenehme Eigenschaft, uns immer wieder einzuholen, nicht wahr?"

Einige der Umstehenden, die das Gespräch halb interessiert verfolgten, wandten sich ab und taten so, als ob sie sich für die neueste Kunstausstellung des Abends interessierten. Max und Joachim standen nun fast allein, die Spannung zwischen ihnen war greifbar.

„SAGEN SIE, MAX", BEGANN Joachim, während er den letzten Schluck seines Whiskys nahm, „immer noch auf der Jagd nach Skandalen? Es muss doch ermüdend sein, ständig hinter den Schatten anderer herzulaufen."

„Im Gegenteil", erwiderte Max trocken. „Es ist überraschend erfrischend, wenn man bedenkt, was sich in diesen Schatten alles verbirgt. Vor allem, wenn einige Leute ihre Geheimnisse so gut zu verstecken glauben."

Joachim lachte leise und stellte sein leeres Glas auf einem der umliegenden Tische ab. „Geheimnisse... Das klingt so dramatisch. Manche Dinge sind einfach komplizierter, als man denkt."

„Oh, ich habe nichts gegen Komplexität", konterte Max. „Solange sie nicht in Lügen gehüllt ist."

Für einen kurzen Moment flackerte etwas Dunkles in Joachims Augen auf, doch er fing sich schnell wieder. „Nun, dann sollten Sie vielleicht lernen, zwischen den Zeilen zu lesen, Herr Stolz. Nicht alles, was glänzt, ist Gold, und nicht alles, was Sie für schmutzig halten, ist wirklich schmutzig."

„Eine interessante Metapher", antwortete Max. „Aber ich habe die unangenehme Angewohnheit, den Dreck zu finden, egal wie tief er vergraben ist."

Joachim nahm ein weiteres Glas vom Tablett eines vorbeigehenden Kellners und hob es zum Toast. „Auf den investigativen Journalismus", sagte er spöttisch, und Max erwiderte den Toast nur mit einem stummen, herausfordernden Blick.

———————

JOACHIMS ARROGANZ WIRKTE auf Max wie ein rotes Tuch, doch er wusste, dass dies nicht der Moment war, um ihn zur Rede zu stellen. Stattdessen entschied er sich für eine andere Strategie – Geduld. Es war ein gefährliches Spiel, das beide spielten, doch Max war fest entschlossen, die Masken zu lüften, die hier zur Schau getragen wurden. Er spürte, dass hinter Joachims Fassade mehr steckte, als der erfolgreiche Politiker und Geschäftsmann zugeben wollte.

Sie standen einige Minuten schweigend nebeneinander, die Augen auf die Menge gerichtet, während die Gespräche um sie herum in einem einzigen, bedeutungslosen Summen verschwammen. Plötzlich beugte sich Joachim leicht zu Max und sprach leise, fast flüsternd: „Ich weiß, dass Sie nach etwas suchen, Max. Aber passen Sie auf. Manche Dinge sollte man nicht finden wollen."

„Das klingt fast wie eine Drohung, Herr Kaufmann", erwiderte Max ebenso leise, ohne ihn dabei anzusehen.

„Keine Drohung", antwortete Joachim mit einem schwachen Lächeln. „Nur ein gut gemeinter Rat."

Max schnaubte. „Ich bin nicht hier, um Ratschläge zu erhalten."

„Das dachte ich mir", sagte Joachim und wandte sich abrupt ab, um sich wieder der Menge zuzuwenden. „Vielleicht sind wir uns ähnlicher, als Sie denken, Max."

Max wollte gerade eine sarkastische Antwort geben, doch in diesem Moment klingelte sein Handy. Er zog es heraus und sah eine neue Nachricht auf dem Display: **„Sie beobachten dich, Max."**

MAX SPÜRTE, WIE SEIN Herz einen Schlag aussetzte. Er sah sich unauffällig um, versuchte, den Absender der Nachricht ausfindig zu machen, doch niemand schien ihn zu beachten. Joachim war mittlerweile in der Menge verschwunden, und Max fühlte sich plötzlich allein inmitten der glitzernden Gesellschaft.

Mit schnellen Schritten verließ er den Saal und ging hinaus in die kühle Nachtluft. Die Stimmen und das Lachen der Gala hallten ihm nach, doch er fühlte sich wie in einem Vakuum. Er lehnte sich gegen eine kalte Steinmauer und öffnete die Nachricht erneut. Diesmal bemerkte er ein kleines Symbol am Ende der Nachricht – ein stilisierter Kreis mit einer Schlange.

„Verdammt", flüsterte er und schloss die Augen. Es war das gleiche Symbol, das er bereits in den persönlichen Gegenständen des Verstorbenen gefunden hatte. Eine Welle der Wut und der Entschlossenheit erfasste ihn. Er wusste, dass Joachim mehr darüber wusste, als er zugab, und er würde nicht ruhen, bis er herausfand, welche Rolle dieser Mann in dem Netz aus Lügen und Geheimnissen spielte.

PLÖTZLICH HÖRTE MAX Schritte hinter sich und drehte sich schnell um. Hanna stand im Schatten, nur von einer schwachen Straßenlaterne beleuchtet, die ihr Gesicht in unheimliche Konturen tauchte. „Was machst du hier?" fragte Max überrascht.

„Ich könnte dich dasselbe fragen", entgegnete sie trocken. „Aber ich schätze, du suchst immer noch nach den Antworten, die du nie finden wirst."

„Was weißt du über Joachim Kaufmann?" Max konnte seine Ungeduld nicht mehr verbergen.

Hanna seufzte und trat näher, ihre Augen funkelten vor unterdrücktem Zorn. „Er ist nicht der, für den du ihn hältst. Aber das weißt du bereits, oder?"

„Ich weiß nur, dass er ein verdammter Lügner ist", sagte Max scharf. „Und ich werde herausfinden, was er verbirgt."

„Sei vorsichtig", warnte Hanna. „Joachim ist gefährlich. Er ist einer von denen, die in der Lage sind, dir ein Messer in den Rücken zu rammen und es dir noch wie einen Gefallen erscheinen zu lassen."

„Das werde ich im Hinterkopf behalten", sagte Max und steckte das Handy wieder in seine Tasche. „Aber ich werde nicht aufgeben."

„Dann mach dich auf einen langen Kampf gefasst", sagte Hanna und verschwand wieder in den Schatten, so plötzlich, wie sie aufgetaucht war.

———————

MAX BLIEB NOCH EINEN Moment stehen, die Kälte der Berliner Nacht drang durch seinen Anzug, und er spürte, dass dies nur der Anfang eines viel größeren Spiels war, als er sich jemals hätte vorstellen können. Die Maskerade, die Joachim und seine Gefährten zur Schau trugen, war perfekt. Doch Max wusste, dass er näher kam – Schritt für Schritt, Gespräch für Gespräch. Er würde die Wahrheit ans Licht bringen, egal welche Opfer es kosten würde.

Kapitel 9: Netz aus Lügen

———

D as Geräusch der sich schließenden Hoteltür hallte in Max' Gedanken wider, während er durch die dunklen Straßen Berlins eilte. Die Begegnung mit Joachim Kaufmann auf der Gala hatte mehr Fragen aufgeworfen, als sie Antworten geliefert hatte, und Max spürte, dass er nun tiefer in ein Netz aus Lügen verstrickt war, als er ursprünglich angenommen hatte. Joachims kryptische Warnungen und Hannas andeutungsvolle Kommentare wirbelten in seinem Kopf, während er den Weg zu seiner Wohnung einschlug.

Er wusste, dass er sich in gefährlichem Terrain bewegte. Doch anstatt ihn zu entmutigen, schärfte die Gefahr nur seine Entschlossenheit. Er musste mehr erfahren – und er hatte bereits eine Vermutung, wo er beginnen sollte. Hannas Worte über die Verbindungen der Sekte zu den oberen Kreisen ließen ihn nicht los. Es war, als hätte sie ein Fenster zu einer dunklen Welt geöffnet, die für ihn lange Zeit unsichtbar gewesen war.

———

AM NÄCHSTEN MORGEN traf sich Max mit Hanna in einem kleinen, versteckten Café am Rande der Stadt. Die Einrichtung war schlicht, und der Kaffee schmeckte bitter, doch das störte sie beide nicht. Sie saßen in einer Ecke, die Blicke der wenigen anderen Gäste glitten über sie hinweg, als wären sie unsichtbar.

„Du wolltest wissen, wie tief die Verbindungen gehen?", fragte Hanna leise und zog eine zerknitterte Liste aus ihrer Tasche. Max hob eine Augenbraue und nahm das Papier vorsichtig entgegen. Darauf standen Namen – bekannte Namen. Politiker, Unternehmer, Juristen. Einige davon waren regelmäßig in den Nachrichten zu sehen.

„Das sind doch...", begann Max, doch Hanna unterbrach ihn.

„Menschen, die mehr wissen, als sie jemals zugeben würden. Einige von ihnen haben aktiv geholfen, die Sekte zu finanzieren. Andere haben weggeschaut, als sie hätten eingreifen müssen. Und wieder andere...", sie zuckte die Schultern, „sind selbst nur Marionetten."

Max schüttelte ungläubig den Kopf und starrte auf die Liste. „Ein Krebsgeschwür, das überall Metastasen bildet", bemerkte er zynisch.

Hanna nickte. „Und diese Liste ist nur die Spitze des Eisbergs. Was dahinterliegt, ist noch viel schlimmer."

ZURÜCK IN SEINER WOHNUNG, saß Max an seinem Schreibtisch, die Liste vor sich, und durchforstete Online-Artikel und alte Dokumente. Er wusste, dass er vorsichtig sein musste. Die Sekte war überall – das hatte er nun verstanden. Jeder Schritt, den er tat, konnte beobachtet werden, jede Verbindung, die er aufdeckte, könnte ihn in noch größere Gefahr bringen.

Er wählte eine Nummer, die er nur ungern anrief. Am anderen Ende hob Karl Wendel ab. „Max? Das ist eine Überraschung. Oder hast du mir endlich ein Geständnis zu liefern?" Seine Stimme war schneidend und spöttisch.

„Ich brauche Informationen", sagte Max ohne Einleitung. „Und du hast sie."

„Oh, plötzlich sind wir wieder Freunde?", erwiderte Karl ironisch. „Lass mich raten, du bist wieder auf der Jagd nach einer heißen Story?"

„Hör zu, das hier ist größer, als du denkst", sagte Max mit einem Ton, der Karl kurz verstummen ließ. „Es geht nicht nur um eine Sekte. Es geht um Macht. Und ich wette, dass du es dir nicht leisten kannst, bei dieser Geschichte außen vor zu bleiben."

Eine lange Pause folgte, und Max hörte nur das leise Knacken in der Leitung. Schließlich seufzte Karl. „Was willst du wissen?"

„Die Namen auf dieser Liste", sagte Max und hielt das Papier fest in der Hand. „Wie tief stecken sie drin?"

Karl lachte trocken. „Du spielst wirklich mit dem Feuer, Stolz. Aber gut, ich habe Kontakte, die vielleicht bereit sind, ein paar Informationen zu teilen – gegen den richtigen Preis."

„Der Preis ist die Wahrheit", entgegnete Max scharf. „Und wenn du daran nicht interessiert bist, dann verschwende nicht meine Zeit."

EINIGE TAGE SPÄTER traf sich Max in einem überfüllten Bürogebäude mit einem von Karls Kontakten. Der Mann – ein ehemaliger Anwalt, der sich von der Sekte abgewandt hatte – sah nervös aus, und sein Blick wanderte ständig durch den Raum, als würde er erwarten, dass jemand jeden Moment hereinstürmen könnte.

„Sie wissen, dass ich für diese Informationen alles riskiere, oder?", sagte der Mann mit zittriger Stimme, während er ein dickes Dossier über den Tisch schob. „Wenn sie herausfinden, dass ich das hier weitergebe…"

„Niemand wird es herausfinden", sagte Max beruhigend und öffnete das Dossier. Darin befanden sich Kontoauszüge, Korrespondenzen, versteckte Geldflüsse – Beweise, die die Verbindungen zwischen der Sekte und einigen der mächtigsten Männer und Frauen des Landes belegten.

„Warum tun Sie das?", fragte Max, während er die Seiten durchblätterte.

Der Mann zuckte mit den Schultern. „Ich habe lange genug für sie gearbeitet. Ich habe gesehen, was sie tun. Und ich kann nicht mehr schweigen."

MIT DEN NEUEN INFORMATIONEN in der Hand begann Max, ein klares Bild zu zeichnen. Die Sekte hatte sich tief in die politischen und wirtschaftlichen Strukturen der Stadt eingewoben. Geld floss in dunklen Kanälen, und Entscheidungen, die scheinbar im Interesse der Öffentlichkeit getroffen wurden, dienten in Wirklichkeit nur dazu, die Macht der Sekte zu sichern.

Doch je weiter Max in seinen Recherchen vordrang, desto deutlicher wurde ihm auch, dass er beobachtet wurde. Eine anonyme Nachricht nach der anderen erreichte ihn, einige mit Drohungen, andere mit scheinbar freundlichen Warnungen. Eines Abends, als er spät in seine Wohnung zurückkehrte, fand er die Tür angelehnt vor. Drinnen herrschte Chaos – jemand hatte seine Unterlagen durchwühlt, und seine Notizen lagen verstreut auf dem Boden.

„Sehr subtil", murmelte Max sarkastisch, während er die Papiere aufsammelte. „Wenn ihr mir eine Nachricht schicken wolltet, hättet ihr wenigstens die Möbel stehen lassen können."

Doch der Vorfall machte ihm klar, dass er vorsichtiger sein musste. Die Gefahr war greifbarer denn je, und Max spürte, dass die Grenze zwischen Freund und Feind zunehmend verschwamm. Selbst bei Hanna war er sich nicht mehr sicher, auf welcher Seite sie wirklich stand. Ihre Informationen waren hilfreich gewesen, doch etwas an ihrer Zurückhaltung ließ ihn zweifeln.

EINIGE TAGE SPÄTER traf sich Max erneut mit Hanna. Sie wirkten beide angespannt, jeder von ihnen trug die Last ihrer Geheimnisse sichtbar mit sich. „Du gehst zu weit, Max", sagte Hanna leise, während sie nervös mit ihrer Kaffeetasse spielte.

„Zu weit?", fragte Max und lehnte sich zurück, seine Augen fest auf ihr Gesicht gerichtet. „Ich gehe genau so weit, wie ich muss. Du weißt, dass wir nahe dran sind."

„Ja, zu nah", flüsterte Hanna, ihre Stimme war kaum hörbar. „Es gibt Dinge, die du besser nicht wissen solltest. Die dich zerstören könnten."

„Das klingt wie eine Drohung", sagte Max kalt.

„Es ist ein Warnung", entgegnete sie scharf, und ihre Augen funkelten vor Wut. „Du hast keine Ahnung, was auf dem Spiel steht."

„Dann hilf mir", forderte Max, seine Stimme fest und fordernd. „Sag mir, was du weißt."

Doch Hanna schwieg, und Max spürte, dass sich ein neuer Abgrund zwischen ihnen auftat. Vielleicht gab es Dinge, die nicht einmal sie aussprechen konnte – oder wollte.

Kapitel 10: Verlorene Seelen

———

Max stand vor dem alten, verwitterten Tor und blickte auf das verfallene Anwesen, das sich wie ein dunkler Schatten gegen den wolkenverhangenen Himmel abhob. Er spürte ein leichtes Zittern in Hannas Hand, als sie neben ihm stand. Ihre Augen waren auf den düsteren Bau fixiert, ihre Gesichtszüge angespannt. Es war, als würde allein der Anblick des Gebäudes Wunden in ihrer Seele aufreißen.

„Hier ist es also", sagte Max leise, seine Stimme beinahe verloren im pfeifenden Wind. „Das Zentrum der Finsternis."

Hanna nickte, ihre Augen glänzten feucht, doch sie wandte den Blick nicht ab. „Hier haben sie uns gebrochen", flüsterte sie, ihre Stimme war kaum mehr als ein Hauch. „Es war nicht der Schmerz, der am schlimmsten war... Es war die Hoffnung, die sie uns nahmen. Stück für Stück, bis nichts mehr übrig war."

Max schwieg. Er wusste, dass seine üblichen sarkastischen Bemerkungen hier keinen Platz hatten. Zum ersten Mal seit langer Zeit fühlte er sich sprachlos, überwältigt von der drückenden Atmosphäre des Ortes. Das Anwesen, umgeben von toten Bäumen und überwucherten Hecken, war wie eine Wunde, die nie richtig verheilt war.

———

„WIR MÜSSEN DA REIN", sagte er schließlich, seine Stimme fester, als er sich fühlte.

Hanna zögerte einen Moment, dann atmete sie tief ein und trat vor. „Es gibt keinen anderen Weg", murmelte sie, mehr zu sich selbst als zu ihm.

Max folgte ihr, während sie das verrostete Tor aufstieß, das sich mit einem widerwilligen Kreischen öffnete. Sie betraten den verwilderten Garten, der von Unkraut überwuchert war und den Verfall des Ortes nur noch betonte.

„Charmant", bemerkte Max trocken, als sie auf die große, morsche Holztür zugingen. „Ein Ort für einen gemütlichen Familienurlaub."

„Witzig, Max", erwiderte Hanna mit einem traurigen Lächeln. „Es war früher ein schöner Ort. Ein Ort, an dem wir dachten, dass wir sicher seien."

Max wollte gerade antworten, als die Tür unter Hannas Berührung aufsprang und einen dunklen, schimmeligen Flur enthüllte. Der Geruch von Moder und Verfall schlug ihnen entgegen, doch sie traten entschlossen über die Schwelle. Hannas Schritte hallten leise in der Stille wider, während Max die Umgebung aufmerksam musterte. Es war, als hätte die Zeit selbst diesen Ort vergessen.

„HIER WAR DER HAUPTRAUM", sagte Hanna und blieb plötzlich stehen. Max konnte die Anspannung in ihrem Gesicht sehen, als sie sich umsah. „Dort vorne...", sie deutete auf eine verblasste Stelle an der Wand, „haben sie uns versammelt, um uns ihre ‚Wahrheit' einzuhämmern."

Max nickte, während er sich das Szenario vorstellte. Die düsteren Räume, die Gesichter voller Angst, die Stimmen, die sich in den dunklen Wänden verloren. „Und hier haben sie das Vertrauen der Menschen missbraucht", sagte er und ließ seine Taschenlampe über die Wand schweifen. „Immer die gleichen Methoden, nur ein neuer Anstrich."

„Sie waren Meister darin", gab Hanna zu und ihre Stimme klang plötzlich kalt. „Sie wussten genau, welche Schwachstellen sie treffen mussten, um dich gefügig zu machen. Deine Ängste, deine Hoffnungen... alles wurde gegen dich verwendet."

„Klingt wie der ideale Arbeitsplatz für einen Politiker", kommentierte Max trocken, doch Hanna reagierte nicht. Sie war zu sehr in ihren Erinnerungen gefangen, und er wollte nicht weiter nachbohren. Stattdessen ging er weiter, ließ seinen Blick durch die düsteren Räume gleiten, die einst Zeuge unaussprechlicher Taten gewesen waren.

———————

SIE ERREICHTEN EINEN großen Raum, dessen Fenster mit schweren Vorhängen verhangen waren. Der schwache Lichtschein, der durch die Ritzen drang, verlieh dem Raum eine fast geisterhafte Atmosphäre. Hanna blieb abrupt stehen, ihre Augen auf einen alten, staubbedeckten Tisch gerichtet, der in der Mitte des Raumes stand. Darauf lag ein zerbrochenes Amulett, genau das gleiche Symbol, das Max bereits in den persönlichen Dingen des Verstorbenen gefunden hatte – die stilisierte Schlange.

„Das ist...", begann Max, doch Hanna nickte nur.

„Es war ein Zeichen", sagte sie leise, ihre Stimme zitterte. „Ein Zeichen der Zugehörigkeit. Wer dieses Amulett trug, war ‚eingeweiht'. Es bedeutete Macht, Kontrolle... und völlige Unterwerfung."

Max hob das zerbrochene Stück auf und drehte es in den Händen. „Interessant, wie ein Symbol so viel Einfluss haben kann", sagte er sarkastisch. „Aber was bedeutet es wirklich?"

„Es ist mehr als nur ein Symbol", antwortete Hanna und ihre Augen funkelten vor Bitterkeit. „Es ist ein Versprechen. Ein Versprechen, dass du alles aufgibst, was du bist, um ein Teil von etwas Größerem zu werden. Doch das ‚Größere' war eine Lüge. Eine Lüge, die uns verschlungen hat."

Max sah sie an, spürte den Schmerz in ihren Worten und den Hass, der sich hinter ihren Augen verbarg. Es war, als hätte sie sich in den letzten Jahren eine harte Schale zugelegt, um nicht von der Vergangenheit überwältigt zu werden.

„WAS IST HINTER DIESER Tür?", fragte Max und deutete auf eine massive Holztür, die am Ende des Raumes lag. Sie war mit schweren Schlössern gesichert, und der Schlüssel steckte nicht mehr darin.

Hannas Gesicht verhärtete sich. „Das war der Raum, in dem sie die ‚Sitzungen' abhielten", sagte sie düster. „Dort wurden diejenigen, die nicht ‚kooperierten', überzeugt."

„Klingt, als wäre das ein netter Ort gewesen", bemerkte Max spöttisch, während er die Tür genauer untersuchte. „Leider fehlt der Schlüssel. Irgendwelche Ideen?"

Hanna schüttelte den Kopf. „Ich war nie dort drin", sagte sie, ihre Stimme klang beinahe erleichtert. „Aber ich habe die Schreie gehört. Und das reicht."

Max zuckte mit den Schultern und trat zurück. „Dann bleibt uns wohl nur, es von außen zu betrachten", sagte er mit einer Leichtigkeit, die er nicht wirklich fühlte. Er hatte das Gefühl, dass hinter dieser Tür mehr Geheimnisse lagen, als Hanna zugeben wollte.

ALS SIE DAS ANWESEN schließlich verließen, spürte Max, dass Hanna sich verändert hatte. Sie wirkte stiller, verschlossener, als hätte der Ort alte Wunden aufgerissen, die längst verheilt schienen. Der

Wind zog an den kahlen Ästen der toten Bäume, während sie schweigend nebeneinander hergingen.

„Warum hast du mir das gezeigt?", fragte Max schließlich, seine Stimme war fast sanft.

„Weil du es verstehen musst", antwortete Hanna und ihr Blick war fest. „Du musst wissen, womit du es zu tun hast. Sonst wirst du genauso enden wie all die anderen."

Max nickte und legte ihr eine Hand auf die Schulter. „Ich bin vorsichtiger, als ich aussehe", sagte er und versuchte, die Schwere des Moments mit einem Lächeln zu durchbrechen. „Außerdem habe ich dich, um mich vor den Geistern zu warnen."

Hanna erwiderte sein Lächeln nicht. Stattdessen sah sie ihn mit einer Intensität an, die ihn fast erschreckte. „Die Geister sind real, Max", sagte sie ernst. „Und sie werden nicht verschwinden, nur weil du sie ignorierst."

Kapitel 11: Stimmen aus der Vergangenheit

Max saß an seinem Schreibtisch und starrte auf den Bildschirm seines Laptops. Die Nachricht war anonym eingetroffen – ein einfaches, nichtssagendes E-Mail-Konto, das sich zurückzuverfolgen als nahezu unmöglich erwiesen hatte. Angehängt war eine Audiodatei. Max' Finger zitterten leicht, als er die Datei öffnete und auf „Play" klickte.

Eine raue, zittrige Männerstimme erfüllte den Raum. „Ich... weiß nicht, warum ich das tue. Vielleicht, weil ich will, dass jemand die Wahrheit erfährt. Oder weil ich hoffe, dass es irgendjemanden kümmert..."

Max' Stirn legte sich in Falten. Die Stimme war voller Angst und Schmerz, und jedes Wort schien von der Schwere vergangener Jahre zu zeugen.

DIE AUFNAHMEN WAREN eine Reihe von kurzen, bruchstückhaften Aussagen. Jede Stimme, die sprach, war anders, doch alle hatten etwas Gemeinsames: Sie klangen erschöpft, gebrochen, und ihre Worte schienen aus den tiefsten Abgründen der Verzweiflung zu kommen.

„Sie nahmen uns alles... unsere Freiheit, unsere Identität, unser Leben", sagte eine weibliche Stimme, die an der Grenze zum Weinen war. „Wir dachten, wir wären Teil von etwas Größerem. Aber am Ende waren wir nur Marionetten."

Max' Mundwinkel verzog sich zu einem sarkastischen Lächeln, das er nicht einmal selbst spürte. „Marionetten, die von einem unsichtbaren Puppenspieler gesteuert werden", murmelte er vor sich hin und lehnte sich in seinem Stuhl zurück. „Man könnte meinen, Horrorfilme wären weniger gruselig."

Doch während er weiter zuhörte, verschwand sein Zynismus langsam, ersetzt von einem Gefühl der Beklemmung. Die Geschichten dieser Menschen waren keine Fiktion. Es waren reale Stimmen, echte Schicksale, die von einem kollektiven Trauma erzählten, das weit über das hinausging, was er bisher geahnt hatte.

––––––––

EINE TIEFE, RUHIGE Stimme begann zu sprechen – diesmal klang sie fast resigniert, als hätte der Erzähler seinen Kampf längst aufgegeben. „Ich war einer von ihnen", sagte er, „und ich glaubte an die Botschaft. Ich glaubte an die Erlösung, die sie versprachen. Aber die Wahrheit... die Wahrheit ist, dass sie uns kontrollierten. Sie fütterten uns mit Lügen, bis wir uns selbst vergaßen."

Max schloss die Augen und atmete tief durch. Die Kälte der Worte ließ ihn frösteln. Er wusste, dass er diese Aufnahmen nicht einfach ignorieren konnte. Sie waren zu bedeutend, zu verstörend, um sie beiseitezuschieben. Jede Stimme schien ein Mosaikstein in einem größeren Bild zu sein – ein Bild, das sich ihm nur langsam enthüllte.

„Wir dachten, wir wären die Auserwählten", flüsterte die Stimme weiter, „aber wir waren nur Werkzeuge. Werkzeuge in den Händen eines Mannes, der uns versprochen hatte, uns zu befreien."

Max' Augen öffneten sich wieder, als er den Namen hörte, der in der Aufnahme fiel – ein Name, den Hanna bereits erwähnt hatte. Der Name des Sektenführers. Ein Name, der sich wie eine Drohung anfühlte.

„ALSO DOCH", MURMELTE Max, während er die Audiodateien erneut durchging und Notizen machte. Er wusste, dass er sich auf dünnem Eis bewegte, doch er konnte nicht anders, als weiter in die dunklen Geheimnisse der Sekte vorzudringen. Die Geschichten, die er hörte, ließen ihn nicht los, zogen ihn immer tiefer in die Verzweiflung der Opfer.

Eine neue Aufnahme begann. Die Stimme war leise, fast heiser, als hätte der Sprecher Angst, gehört zu werden. „Er sagte, wir könnten die Welt verändern", flüsterte sie. „Aber alles, was wir taten, war zu zerstören. Er nahm uns unsere Seele und füllte sie mit seinen eigenen Schatten."

Max' Hände ballten sich zu Fäusten. „Wieder dasselbe Muster", dachte er verbittert. „Der Messias-Komplex des Anführers, der Menschen dazu bringt, sich selbst zu opfern, während er die Fäden zieht."

ALS DIE AUFNAHMEN ENDETEN, saß Max lange Zeit reglos da, starrte auf den Bildschirm, der nun dunkel und still war. Sein Kopf war voller Gedanken, doch ein Gefühl überwog alle anderen: Wut. Wut auf die Lügen, auf die Manipulationen, auf die Menschen, die so skrupellos mit den Hoffnungen und Ängsten anderer gespielt hatten.

Er griff nach seinem Handy und wählte Hannas Nummer. Sie antwortete nach dem zweiten Klingeln. „Hanna, ich habe etwas gefunden", sagte er ohne Umschweife.

„Was ist es?", fragte sie, und er hörte die Spannung in ihrer Stimme.

„Aufnahmen von ehemaligen Mitgliedern. Geschichten, die alle dasselbe erzählen – von Kontrolle, Manipulation und Zerstörung. Sie bestätigen alles, was du gesagt hast."

Hanna schwieg einen Moment. Dann sagte sie leise: „Du musst vorsichtig sein, Max. Diese Leute... sie lassen sich nicht einfach so entlarven. Sie haben immer noch Verbindungen, die du nicht einmal erahnst."

„Ich weiß", antwortete Max und versuchte, seine Unsicherheit zu verbergen. „Aber ich kann nicht aufhören. Ich bin zu tief drin."

———

ER VERBRACHTE DEN REST des Tages damit, die Aufnahmen noch einmal durchzuhören, Notizen zu machen und die Informationen zu ordnen. Die einzelnen Geschichten begannen sich in seinem Kopf zu einem Ganzen zusammenzufügen, einem Bild, das von Dunkelheit und Verrat gezeichnet war. Immer wieder tauchten dieselben Namen auf, dieselben Orte – und immer wieder stieß er auf Hinweise, die ihn tiefer in die Struktur der Sekte führten.

Mitten in der Nacht, als er gerade dabei war, seine Gedanken zu ordnen, erhielt er eine weitere Nachricht. Diesmal war es ein Video, aufgenommen in schlechter Qualität, als wäre die Kamera versteckt gewesen. Das Bild war wackelig, doch die Stimme war klar.

„Du solltest aufhören, Max", sagte die Stimme, die eindeutig die seine war – die Stimme des Sektenführers. „Du spielst mit Dingen, die du nicht verstehst."

Max schloss für einen Moment die Augen. „Immer dasselbe", murmelte er sarkastisch. „Das große Mysterium, das keiner begreifen kann. Ich bin beeindruckt."

Doch als er das Video erneut abspielte, spürte er, wie eine seltsame Kälte seinen Rücken hinaufkroch. Die Worte waren nicht nur eine Drohung – sie waren eine Warnung. Eine Warnung, die er nicht einfach ignorieren konnte.

―――――――――

DIE NACHT VERGING, während Max weiterhin fieberhaft nach Zusammenhängen suchte. Er fühlte sich wie ein Puzzleteil in einem Spiel, dessen Regeln er nicht kannte, doch er konnte nicht anders, als weiterzumachen. Zu tief hatte sich die Wahrheit bereits in seinen Kopf gebohrt, und die Stimmen, die aus der Vergangenheit zu ihm sprachen, wollten nicht verstummen.

Am Morgen lag sein Schreibtisch voller Notizen, seine Augen brannten von der Müdigkeit, doch er hatte das Gefühl, dass er etwas erreicht hatte. Etwas, das ihn vielleicht näher an die Wahrheit brachte – oder an den Abgrund.

Er lehnte sich in seinem Stuhl zurück und atmete tief durch. „Ein Krebsgeschwür", sagte er zu sich selbst, „das überall Metastasen bildet." Und er wusste, dass er noch lange nicht am Ende war.

Kapitel 12: Die Falle schnappt zu

———

M ax saß in einem kleinen Café im Herzen Berlins und starrte auf die Uhr an der Wand. Fünf Minuten zu spät. Der Zeuge, den er hier treffen wollte, war für seine Pünktlichkeit bekannt. Zehn Minuten vergingen, und Max' Unruhe wuchs. Schließlich, nach einer halben Stunde, lehnte er sich in seinem Stuhl zurück und zog sein Handy hervor. Keine Nachrichten, keine verpassten Anrufe. Nur die bedrückende Stille, die ihm signalisiert, dass irgendetwas schrecklich schiefgegangen war.

„Wie praktisch", murmelte er ironisch vor sich hin, während er die leere Espressotasse vor ihm drehte. „Es ist fast so, als hätte jemand gewusst, dass ich genau hier sitzen würde."

————

MAX HATTE VOR ZWEI Tagen einen Tipp bekommen – ein anonymer Anruf, der ihn über einen ehemaligen Sektenanhänger informierte, der bereit war zu reden. Der Anrufer hatte keinen Namen genannt, aber die Dringlichkeit in seiner Stimme hatte Max überzeugt. Und jetzt saß er hier, allein, in einem Café, das sich plötzlich kälter und feindlicher anfühlte, als es in der Herbstsonne hätte sein sollen.

Er sah sich im Raum um, suchte nach einem Zeichen, einem Hinweis, dass jemand ihn beobachtete, aber das Café war fast leer. Nur ein paar ältere Damen, die über das Wetter plauderten, und ein junger Mann, der tief in sein Buch vertieft war. Nichts Verdächtiges. Aber das Gefühl, dass etwas nicht stimmte, ließ ihn nicht los.

„Okay, genug gewartet", sagte er leise zu sich selbst, zog seinen Mantel enger und stand auf. Als er zur Tür ging, bemerkte er, dass jemand auf dem Tisch neben ihm eine Zeitung liegen gelassen hatte. Darauf war mit dicken roten Buchstaben das Datum des heutigen Tages markiert. Max erstarrte für einen Moment, bevor er die Zeitung aufschlug. Zwischen den Seiten lag ein kleiner, weißer Zettel. In sorgfältig geschwungenen Buchstaben stand dort: **„Du bist zu nah dran, Max."**

Seine Hand zitterte, als er den Zettel zusammenknüllte und tief in seine Manteltasche schob. „Natürlich", dachte er mit einem harten Lächeln. „Natürlich bin ich zu nah dran. Aber jetzt erst recht."

———

ZURÜCK IN SEINER WOHNUNG versuchte Max, die Fakten zusammenzusetzen. Der Zeuge, dessen Name ihm erst am Morgen des Treffens mitgeteilt worden war, war spurlos verschwunden. Keine Spur, keine Hinweise, nur das Gefühl, dass er sich immer weiter in eine Falle begab, deren Ränder sich immer enger um ihn schlossen. Die Bedrohungen hatten in den letzten Tagen zugenommen – anonyme Anrufe, Nachrichten ohne Absender, und jetzt dieser Zettel.

Er griff nach seinem Handy und rief Hanna an. „Es ist etwas passiert", sagte er ohne Vorwarnung, als sie abhob.

„Was ist los?" Ihre Stimme klang besorgt, aber auch vorsichtig, als ob sie bereits ahnte, was kommen würde.

„Der Zeuge, den ich treffen sollte – er ist weg. Und ich glaube, sie wissen, dass ich nach ihnen suche. Vielleicht schon länger."

„Das ist kein Spiel, Max", antwortete sie leise. „Wenn du weitermachst, wird es gefährlich. Für dich, für uns alle."

„Ach, wirklich? Ich dachte, es wäre eine gemütliche Schnitzeljagd durch Berlins dunkle Gassen", entgegnete er sarkastisch, obwohl er selbst wusste, dass seine Stimme einen Hauch von Verzweiflung verriet.

ER KONNTE DIE ANGST in ihrem Schweigen spüren, doch sie sagte nichts weiter. Schließlich legte er auf, zu nervös, um noch länger zu reden. Er musste nachdenken. Er musste verstehen, was gerade geschah.

Max verbrachte den Rest des Tages damit, alte Kontakte zu durchforsten, die er aus früheren Recherchen kannte. Ein paar Telefonate mit ehemaligen Kollegen, einige E-Mails an vertrauenswürdige Informanten. Aber nichts ergab einen Sinn. Der Zeuge war vom Radar verschwunden, und niemand wusste etwas – oder sie wollten es ihm nicht sagen.

Spät in der Nacht, als er gerade den Laptop zuklappte, bekam er eine Nachricht. Kein Absender, nur eine Telefonnummer. „Bist du bereit, alles zu riskieren?", stand da. Max' Finger zitterten, als er die Antwort eintippte. „Bereiter denn je."

DIE ANTWORT KAM FAST augenblicklich: **„Sei um Mitternacht am alten Lagerhaus im Industriegebiet. Komm allein."** Max' Bauch verkrampfte sich. Er wusste, dass es eine Falle sein konnte – vielleicht sogar musste. Aber er hatte keine Wahl. Das Gefühl, in diesem Netz aus Lügen und Bedrohungen gefangen zu sein, ließ ihn nicht los.

Mit einem tiefen Atemzug zog er seine Jacke an und griff nach seinem Notizbuch. Er schrieb ein paar Worte auf die erste Seite: **„Falls ich nicht zurückkomme..."** Doch er hielt inne, ließ den Stift sinken und schüttelte den Kopf. Nein, er würde zurückkommen. Er musste.

Das alte Lagerhaus war genauso verlassen, wie er es erwartet hatte. Dunkel, nur spärlich von den Straßenlaternen beleuchtet. Ein perfekter Ort für ein Treffen, das nie hätte stattfinden dürfen. Max' Herzschlag beschleunigte sich, als er die schwere Tür aufstieß und in die Schwärze trat.

———

„DU BIST ALLEIN?", ERTÖNTE eine raue Stimme aus der Dunkelheit.

„Natürlich", antwortete Max, die Taschenlampe in seiner Hand fest umklammert. „Wie gewünscht. Und du? Bist du auch allein, oder soll ich deine Freunde gleich begrüßen?"

Ein schwaches Lachen war zu hören. Dann trat eine schattenhafte Gestalt ins Licht. Es war nicht der Zeuge, den er erwartet hatte – es war jemand anderes, jemand, den er nicht kannte. „Wir haben uns noch nicht offiziell vorgestellt", sagte der Mann mit einem schiefen Lächeln. „Aber das spielt keine Rolle. Du weißt, warum du hier bist."

„Nun", sagte Max, die Ironie in seiner Stimme schwer zu überhören, „ich nehme an, das ist der Teil, wo du mir sagst, dass ich aufhören soll, zu graben, weil ich sonst meine Karriere – oder mein Leben – riskiere."

Der Fremde nickte langsam. „Klug, Max. Sehr klug. Aber du liegst falsch. Es geht nicht um dich. Es geht um sie." Er zog ein Foto aus seiner Jackentasche und hielt es ins Licht. Max' Magen zog sich zusammen, als er Hannas Gesicht darauf erkannte.

„Was hat sie damit zu tun?" Seine Stimme war nur ein Flüstern, seine Augen fest auf das Bild gerichtet.

„Alles", antwortete der Mann. „Sie ist der Schlüssel, und du weißt es. Aber je tiefer du gräbst, desto größer wird der Preis sein."

———

DIE GESTALT VERSCHWAND so schnell, wie sie aufgetaucht war, und ließ Max mit mehr Fragen als Antworten zurück. Als er das Lagerhaus verließ, spürte er den kalten Wind auf seiner Haut, und ein seltsames Gefühl der Ohnmacht ergriff ihn. Die Bedrohungen waren real, die Gefahr greifbarer denn je. Und Hanna war offenbar stärker in das Ganze verstrickt, als sie zugegeben hatte.

„Es ist nicht vorbei", flüsterte er in die Dunkelheit, seine Stimme fest, obwohl seine Hände zitterten. „Noch lange nicht."

Er wusste, dass er in ein Spiel hineingeraten war, das weit über seine Vorstellungskraft hinausging. Und die Falle, die für ihn bestimmt war, hatte sich gerade erst geschlossen.

Kapitel 13: Unter Beobachtung

―――

M ax stand in der Mitte seines Wohnzimmers, als wäre er ein unfreiwilliger Schauspieler in einem schlecht inszenierten Kriminaldrama. Die Schubladen standen offen, das Sofa war zur Seite geschoben, und seine sorgfältig organisierten Papiere lagen in einem chaotischen Haufen auf dem Boden verteilt. „Wenigstens hätte man den Anstand haben können, die Bücher wieder alphabetisch zu ordnen", murmelte er und kickte ein Dokument, das halb unter dem Teppich versteckt lag, mit der Schuhspitze zur Seite.

Er hatte es geahnt – seit Tagen war das Gefühl, beobachtet zu werden, kaum noch zu ertragen gewesen. Doch nun war es Gewissheit: Jemand war in seiner Abwesenheit in seine Wohnung eingedrungen. Max ließ sich schwer auf einen der zerwühlten Sessel fallen und rieb sich die Schläfen. In seinen Ohren hallte das Ticken der alten Wanduhr, als ob es seine Nervosität noch unterstreichen wollte.

―――

MAX WUSSTE, DASS ER nicht viel Zeit hatte, um Ordnung zu schaffen, bevor er Hanna traf. Mit geübter Hand begann er, die verstreuten Blätter aufzusammeln, dabei fiel ihm auf, dass eine Seite aus seinen Notizen fehlte – diejenige, die Informationen über einen ehemaligen Sektenführer enthielt. Seine Augen verengten sich. Es war, als hätte ihm jemand einen anonymen Mittelfinger gezeigt, subtil genug, um ihn zur Weißglut zu treiben.

Gerade als er den letzten Haufen Papiere zusammenraffte, vibrierte sein Handy auf dem Couchtisch. Eine neue Nachricht. Der Absender war anonym, natürlich. Max öffnete sie und las die Worte mit einer

Mischung aus Zorn und Ironie: **„Gefällt dir die neue Inneneinrichtung?"**

„Charmant", murmelte er bitter, während er das Handy wieder auf den Tisch warf. „Wenigstens hat mein stiller Bewunderer Geschmack."

Max griff nach seiner Jacke, verließ die Wohnung und fuhr zu einem kleinen Café am Stadtrand, wo er Hanna treffen sollte. Während der Fahrt spürte er, dass sein Telefon sich seltsam verhielt – als ob es verzögert auf seine Eingaben reagierte. Sein Verdacht verhärtete sich. Jemand hatte sein Handy manipuliert.

———————

IM CAFÉ SASS HANNA BEREITS am Fenster, ihre Finger um eine dampfende Tasse Tee geschlungen. Ihre Augen leuchteten auf, als sie Max eintreten sah, doch das Lächeln erstarb, als sie seine angespannte Miene bemerkte.

„Du siehst aus, als hättest du einen Geist gesehen", sagte sie, während er sich setzte.

„Ein Geist hätte wenigstens meinen Platz sauber hinterlassen", entgegnete er und erzählte ihr knapp von dem Einbruch. Hannas Gesicht wurde blass, und ihre Hände zitterten leicht, als sie die Tasse abstellte.

„Max, das ist gefährlich. Sie wissen genau, was du tust."

„Ach, das hätte ich fast übersehen", erwiderte er sarkastisch und lehnte sich zurück. „Ich habe das Gefühl, dass mein gesamtes Leben gerade unter einem gigantischen Vergrößerungsglas liegt. Mein Telefon – ich bin sicher, dass es abgehört wird. Meine Wohnung – offensichtlich. Es ist nur noch eine Frage der Zeit, bis sie einen Schritt weitergehen."

Hanna sah ihn besorgt an. „Du musst vorsichtig sein. Diese Leute... sie haben keine Skrupel."

Max sah sie direkt an, sein Blick war kühl und scharf wie ein Skalpell. „Und du?", fragte er unvermittelt. „Wie viel weißt du wirklich über sie?"

Sie hielt seinem Blick stand, aber ihre Augen zuckten kurz zur Seite, als ob sie einen unsichtbaren Feind in den Schatten des Cafés suchte. „Genug, um zu wissen, dass du jetzt nicht aufgeben darfst."

WÄHREND SIE WEITER über den Einbruch sprachen, versuchte Max, mehr aus ihr herauszuholen, aber Hanna blieb undurchdringlich. Sie sprach über die Sekte, über ihre Methoden der Einschüchterung, aber es war, als würde sie ihm bewusst Informationen vorenthalten – als hätte sie Angst, zu viel zu sagen.

„Sie haben meine Wohnung verwüstet", sagte er in einem beiläufigen Ton, der seine aufkeimende Wut nur schlecht verbarg. „Aber vielleicht war das ja nur ein höflicher Besuch. Vielleicht wollten sie mir nur klarmachen, dass ich etwas falsch geparkt habe."

„Max, das ist nicht witzig", unterbrach Hanna ihn mit ungewohnter Schärfe.

„Nein, vermutlich nicht. Aber was soll ich tun? Weglaufen? Mich verstecken? Ich habe das Gefühl, dass sie mich längst im Griff haben, egal, was ich mache."

Hanna senkte den Blick und drehte nervös an ihrem Teelöffel. „Du musst stärker sein als sie", sagte sie leise, fast flehend.

Max nickte, doch in seinem Kopf wirbelten die Gedanken. Er wusste, dass er der Wahrheit gefährlich nahe gekommen war. Und es war nur eine Frage der Zeit, bis die Leute, die seine Wohnung durchsucht hatten, einen weiteren Schritt wagten.

ZURÜCK IN SEINER WOHNUNG fand Max einen weiteren Hinweis auf den Eindringling. Diesmal war es subtiler – eine Schallplatte, die er seit Jahren nicht mehr angefasst hatte, lag offen auf seinem Plattenspieler. Es war eine Aufnahme, die sein Bruder geliebt hatte. „Jetzt spielen sie mit meinen Erinnerungen", flüsterte er, während seine Hände zitterten. Die Platte schien ihn anzulächeln, als würde sie ihm sagen: **„Wir wissen, wer du wirklich bist."**

Wütend griff Max nach seinem Handy und wollte eine Nachricht an Hanna schreiben, aber dann zögerte er. Sein Handy – das war nicht mehr sicher. Er legte es beiseite, schnappte sich stattdessen sein Notizbuch und schrieb hastig ein paar Sätze. Er würde einen Weg finden, ihnen zu zeigen, dass er sich nicht einschüchtern ließ. Er war bereit, alles zu riskieren, um herauszufinden, wer hinter diesen Drohungen steckte.

IN DEN FOLGENDEN TAGEN wurde Max' Paranoia zur Normalität. Er wechselte seine Route zur Arbeit, benutzte öffentliche Telefone, und er vermied es, länger als nötig in seiner Wohnung zu bleiben. Doch egal, wie viele Vorsichtsmaßnahmen er traf, das Gefühl, beobachtet zu werden, blieb.

Eines Abends, als er spät in der Wohnung war, hörte er ein leises Geräusch – kaum mehr als ein Flüstern im Dunkeln. Seine Hand glitt zu der Schublade, in der er einen alten Revolver versteckt hielt, den er vor Jahren für den Notfall aufbewahrt hatte. Doch als er die Schublade öffnete, lag dort nur ein weiteres Stück Papier. Ein Foto von ihm, aufgenommen durch das Fenster seines Schlafzimmers.

„Wenigstens habe ich den Vorhang ordentlich zugezogen", sagte er laut zu sich selbst, während er das Foto mit brennendem Blick betrachtete. „Wenn sie mich verfolgen wollen, sollen sie wenigstens meine besten Seiten sehen."

Er wusste, dass das Spiel bald in die nächste Runde gehen würde. Und er war bereit.

Kapitel 14: Doppeltes Spiel

———

Der Regen trommelte gegen die Fenster des Cafés, in dem Max saß. Eine unruhige Stille lag in der Luft, während er auf seinen unerwarteten Besucher wartete. Karl Wendel, der Mann, der stets bereit war, ihm in den Rücken zu fallen, hatte um ein Treffen gebeten. Eine Bitte, die Max nur mit großem Misstrauen akzeptiert hatte.

Er warf einen Blick auf seine Uhr – fünf Minuten Verspätung. „Typisch Karl", dachte er und nippte an seinem inzwischen kalten Kaffee. Gerade als er sich entschloss, zu gehen, öffnete sich die Tür. Karl betrat den Raum, ein breites Lächeln auf den Lippen, das wie eine schlecht aufgesetzte Maske wirkte.

„Na, Max. Schon gedacht, ich würde nicht auftauchen?" Karls Stimme war so entspannt, als würde er einen alten Freund begrüßen.

„Das hätte zu dir gepasst", erwiderte Max trocken. „Ich nehme an, du bist nicht gekommen, um mir deine neuesten journalistischen Erfolge zu präsentieren."

Karl lachte, setzte sich und zog die nassen Haare aus der Stirn. „Nein, tatsächlich nicht. Ich dachte, es wäre mal an der Zeit, meine... hm, Hilfe anzubieten."

Max zog eine Augenbraue hoch. „Deine Hilfe? Ein Sinneswandel, ja?"

Karl lehnte sich zurück und musterte ihn mit einem fast mitleidigen Blick. „Vielleicht mag ich einfach keine Konkurrenz, oder vielleicht habe ich endlich genug von diesen Spielchen. Was auch immer du tust, Max, du hast ihre Aufmerksamkeit erregt. Und glaub mir, das ist keine gute Sache."

„OH, JETZT WERDE ICH auch noch von dir gewarnt", sagte Max sarkastisch und verschränkte die Arme vor der Brust. „Wie edelmütig von dir, Karl. Was ist der wahre Grund? Zu viel Druck von deinen neuen besten Freunden?"

Karls Lächeln verblasste für einen Moment, bevor es wieder auf seine Lippen zurückkehrte. „Ich weiß, dass du mich für einen skrupellosen Opportunisten hältst. Vielleicht hast du damit sogar recht. Aber ich bin nicht blind, Max. Es gibt Dinge, die selbst mir zu weit gehen."

„Und das willst du mir jetzt sagen, weil...?" Max ließ den Satz bewusst in der Luft hängen.

„Weil ich glaube, dass wir beide wissen, wie gefährlich das hier geworden ist." Karl beugte sich nach vorne, seine Stimme wurde leiser. „Du hast keine Ahnung, wie tief diese Leute verwurzelt sind. Sie haben überall ihre Finger im Spiel, und es gibt keinen sicheren Ort, an dem du dich verstecken könntest."

„Das ist ja mal eine ermutigende Ansage." Max verzog das Gesicht. „Und du glaubst, ich soll dir jetzt einfach vertrauen, nachdem du mich monatelang sabotiert hast?"

Karl zuckte mit den Schultern. „Ich sage nicht, dass du mir vertrauen sollst. Ich sage nur, dass wir vielleicht beide mehr davon hätten, wenn wir für einen Moment die Seiten wechseln."

MAX BETRACHTETE KARL, als würde er ihn zum ersten Mal sehen. In dessen Augen lag eine Spur von Verzweiflung, die er dort nie erwartet hätte. Doch war das alles nur eine neue Finte, ein weiterer Trick in einem Spiel, das Karl meisterhaft beherrschte?

„Und was genau willst du von mir?" fragte Max schließlich.

„Informationen." Karl lehnte sich wieder zurück und griff nach der Speisekarte, als sei das Gespräch gerade nicht von enormer Wichtigkeit. „Ich weiß, dass du Dinge herausgefunden hast, die sie nervös machen. Ich kann dir helfen, Zugang zu Leuten zu bekommen, an die du sonst nie herankommst. Aber ich brauche etwas im Gegenzug."

„Natürlich brauchst du das." Max verdrehte die Augen. „Und warum sollte ich dir auch nur ein Wort glauben?"

„Weil ich der Einzige bin, der dir helfen kann." Karls Stimme klang plötzlich ernst, fast flehend. „Ich habe meine eigenen Quellen. Ich weiß, dass sie dich auf dem Kieker haben. Du bist kurz davor, etwas wirklich Großes zu entdecken, und sie werden dich stoppen – koste es, was es wolle."

––––––––––––

MAX SPÜRTE EIN KALTES Kribbeln im Nacken. War das alles ein abgekartetes Spiel? Ein Plan, um ihn in die Irre zu führen? Er sah in Karls Augen, dass dieser Mann Angst hatte. Aber Angst vor wem? Vor der Sekte oder vor ihm selbst?

„Du willst also Zugang zu meinen Informationen", wiederholte Max langsam. „Was ist, wenn ich dir sage, dass ich es alleine schaffe?"

Karl grinste bitter. „Dann wünsche ich dir viel Glück. Aber sei dir sicher, dass du es nicht lange machen wirst. Sie beobachten dich, Max. Sie hören alles. Glaubst du wirklich, du kannst ihnen entwischen?"

„Bist du Teil dieser Leute?" Max beugte sich über den Tisch, seine Stimme leise, aber schneidend. „Hat man dich gekauft, Karl?"

Für einen Moment wich das Lächeln aus Karls Gesicht. Er sah Max mit einem seltsamen Ausdruck an, einer Mischung aus Trotz und Bedauern. „Vielleicht habe ich meine Fehler gemacht", sagte er schließlich. „Aber jetzt geht es um mehr. Es geht nicht nur um dich oder mich. Es geht darum, etwas aufzudecken, das tiefer reicht, als du es dir vorstellen kannst."

DIE NÄCHSTEN MINUTEN vergingen in angespannter Stille, während Max die Worte überdachte. Er wusste, dass er keine Wahl hatte. Wenn Karl auch nur die Hälfte von dem wusste, was er behauptete, dann könnte seine Hilfe der einzige Weg sein, um an die wirklichen Hintermänner zu gelangen.

„In Ordnung", sagte er schließlich und lehnte sich zurück. „Aber wir machen das nach meinen Regeln."

„Natürlich", erwiderte Karl mit einem schiefen Lächeln. „Du bist hier der Boss, Max. Fürs Erste."

Sie besprachen die nächsten Schritte – vorsichtig, mit ausweichenden Formulierungen, als würden sie beide ein geheimes Mantra rezitieren, das nur sie verstehen konnten. Doch je mehr Karl erzählte, desto mehr wurde Max klar, dass dieser Mann ihm immer noch etwas verschwieg.

SPÄTER, ALS KARL GEGANGEN war und Max allein in der Dunkelheit des Cafés saß, überkam ihn ein Gefühl von Unbehagen. Er hatte einen Pakt mit einem Mann geschlossen, der sich jederzeit gegen ihn wenden konnte. Doch was war die Alternative? Der Kampf gegen die Sekte wurde immer gefährlicher, und Max wusste, dass er Verbündete brauchte, selbst wenn er ihnen nicht trauen konnte.

Sein Handy vibrierte erneut – eine Nachricht von Karl. **„Bleib wachsam. Sie sind näher, als du denkst."** Max starrte auf die Worte, sein Herz hämmerte in seiner Brust. Das Spiel hatte begonnen, und es gab kein Zurück mehr.

Mit einem bitteren Lächeln steckte er das Handy in die Tasche. **Doppeltes Spiel** – das war es, was sie jetzt spielten. Aber wenn Karl glaubte, ihn täuschen zu können, dann hatte er sich gewaltig geschnitten. Max war bereit, das Risiko einzugehen, um die Wahrheit zu enthüllen. Und wenn er dabei selbst unterging, dann würde er wenigstens wissen, dass er bis zum Ende gekämpft hatte.

Kapitel 15: Tanz auf dem Vulkan

———

Der Raum war in ein dumpfes, rotes Licht getaucht, das mehr an eine finstere Höhle erinnerte als an den Ballsaal, der er einst gewesen war. Die riesigen Kronleuchter waren verhangen, und ihre Kristalle funkelten wie dämonische Augen, während dumpfe Trommelschläge in einem seltsamen Rhythmus durch die Luft hallten. Max und Hanna standen in der Mitte einer schweigenden Menge. Ihre Gesichter waren maskiert, ihre Blicke wachsam, aber innerlich angespannt.

„Wenn du jetzt weglaufen willst, ist das die letzte Chance", flüsterte Max Hanna zu, während er angestrengt versuchte, die Nerven zu behalten.

„Wie romantisch", entgegnete sie mit einem Hauch von Sarkasmus und schob ihre kalte Hand in seine. „Das ist das erste Mal, dass ich zu einem Tanz eingeladen werde, bei dem der Partner vielleicht nicht überlebt."

Max schnaubte leise, doch seine Augen blieben wachsam. Jeder hier trug eine Maske, doch Max wusste, dass einige von ihnen längst durchschaut hatten, dass er und Hanna nicht dazugehörten. Ihre Bewegungen waren zu steif, ihre Neugier zu auffällig.

———

DIE MENGE BEGANN SICH langsam zu bewegen, wie in einem synchronisierten Tanz, der keiner sichtbaren Choreografie folgte. In der Mitte des Raumes erhob sich ein Mann in einem tiefroten Gewand und hob die Hände. „Brüder und Schwestern", rief er in einer dunklen, schneidenden Stimme, die selbst durch die dröhnenden Trommeln zu dringen schien. „Heute Nacht reinigen wir uns von den Lügen der Außenwelt."

„Oh, wie poetisch", murmelte Max. „Ich hoffe, das bedeutet nicht, dass sie uns auf dem Scheiterhaufen verbrennen."

„Noch nicht", erwiderte Hanna, ihre Augen auf den Anführer gerichtet, der sich nun langsam umdrehte und dabei die Menge wie ein Raubtier fixierte.

Die Mitglieder der Sekte begannen, ein gemeinsames Mantra zu murmeln, ihre Stimmen verschmolzen zu einem düsteren Flüstern. Max konnte nichts verstehen, aber er wusste, dass sie Worte voller Bedeutung waren – Worte, die diese Leute verbanden und ihm das Gefühl gaben, in einer fremden Welt gefangen zu sein.

Plötzlich hielt der Mann in der Mitte inne und richtete seinen Blick direkt auf Max und Hanna. Die Spannung in der Luft war greifbar. „Neulinge", sagte er mit einem gefährlichen Lächeln. „Wir haben Gäste heute Nacht."

MAX FÜHLTE, WIE HANNAS Hand fester wurde. „Das ist nicht gut", flüsterte sie, und ihre Stimme war kaum mehr als ein Zittern.

„Bleib ruhig", zischte Max und zwang sich zu einem Lächeln, das er hoffte, selbstbewusst wirken zu lassen. „Ein Missverständnis, mehr nicht."

„Ein Missverständnis?", wiederholte der Anführer langsam, als ob er die Worte genüsslich kostete. „Wir sind hier alle aus einem Grund – um die Wahrheit zu finden. Oder etwa nicht?"

Die Menge drehte sich, wie auf ein geheimes Kommando, zu ihnen um. Masken, die starr auf Max und Hanna gerichtet waren. Ihre

Fluchtpläne zerbröselten in ihren Köpfen, während sie versuchten, ihre Deckung zu halten.

„Zeit für den Abgang", flüsterte Max, seine Stimme voller Dringlichkeit.

Hanna nickte kaum merklich. „Ich dachte, du würdest nie fragen."

PLÖTZLICH GING DAS Licht aus. Die Trommeln verstummten. In der absoluten Dunkelheit stürzte Max los, zog Hanna mit sich. Ihre Schritte hallten in der Stille wider, während sie blindlings durch die Menschenmenge rannten. Ein scharfer Schrei durchschnitt die Stille, und dann war die Panik da – die Menge brach auseinander, und in der Dunkelheit drängten sich die Menschen chaotisch in alle Richtungen.

„Hier entlang!", rief Max und zog Hanna zu einer schmalen Tür am Rand des Saals. Sie stolperten durch die Öffnung und fanden sich in einem engen, düsteren Korridor wieder, der von schwachen Notlichtern beleuchtet wurde.

„Die werden uns verfolgen!", keuchte Hanna, während sie atemlos an seiner Seite rannte.

„Das weiß ich", erwiderte Max mit schmerzhafter Klarheit. „Aber wenn wir Glück haben, sind sie jetzt genauso verwirrt wie wir."

Sie rannten, das Echo ihrer Schritte hallte durch den kalten Korridor, während das dumpfe Dröhnen der Trommeln langsam wieder zu hören war – als würde die Jagd sie durch die Wände verfolgen.

EINE METALLENE TÜR tauchte vor ihnen auf. Max stieß sie auf, nur um festzustellen, dass sie in einen fensterlosen Raum führte. Kein Ausgang. Nichts. Sie waren gefangen.

„Perfekt", murmelte er sarkastisch und riss sich die Maske vom Gesicht. „So hatte ich mir das vorgestellt. Eingeschlossen mit einer Menge Verrückter auf unseren Fersen."

Hanna atmete schwer, starrte ihn an und schien für einen Moment den Boden unter den Füßen zu verlieren. „Was jetzt, Max?", flüsterte sie, ihre Augen weit vor Angst.

„Wir improvisieren." Max griff in seine Tasche, zog sein Handy heraus und leuchtete den Raum aus. Da war etwas an der Wand – ein kleines, unscheinbares Lüftungsgitter.

„Du machst Witze", sagte Hanna, als sie sah, wie Max begann, die Schrauben mit einem Taschenmesser zu lösen. „Das ist dein Plan? Durch die Lüftung zu kriechen?"

„Hast du eine bessere Idee?" Max schielte zu ihr auf, während er hektisch weiterarbeitete. „Oder willst du ihnen die Wahrheit erzählen und hoffen, dass sie dir vergeben?"

„Nicht wirklich." Hanna seufzte, kniete sich neben ihn und half, das Gitter abzunehmen. „Aber wenn wir steckenbleiben, werde ich dir nie verzeihen."

MIT MÜHE ZWÄNGTEN SIE sich in den engen Schacht, Max zuerst, Hanna hinter ihm. Es roch nach Staub und altem Metall, und jeder ihrer Atemzüge hallte in dem engen Raum wider. Sie krochen in völliger Dunkelheit, nur geführt von dem schwachen Lichtstrahl seines Handys.

„Weißt du eigentlich, wohin wir kriechen?", fragte Hanna, ihre Stimme angespannt.

„Natürlich nicht", antwortete Max scharf. „Aber solange wir uns von diesen Verrückten entfernen, ist es mir egal."

Sie krochen weiter, bis sie ein schwaches Geräusch hörten – Schritte, die sich in der Ferne näherten. Max hielt den Atem an. Sie waren nicht allein.

„Schneller", zischte er, und Hanna nickte, auch wenn er es nicht sehen konnte.

Dann sah er es – ein schwacher Lichtschein am Ende des Schachts. Ein Ausgang, vielleicht die Freiheit. Doch die Schritte kamen näher. Zu nah.

———————

OHNE ZU ZÖGERN, SCHOB Max die nächste Abdeckung auf und sprang aus dem Schacht. Sie landeten in einem dunklen Lagerraum, voller Kisten und Regale. Hanna folgte ihm, und gemeinsam pressten sie sich gegen die Wand, ihre Herzen schlugen wie verrückt.

„Das war knapp", flüsterte sie atemlos.

„Noch ist es nicht vorbei", entgegnete Max und spähte durch die halboffene Tür des Raumes. Draußen sah er Silhouetten – die Sektenmitglieder suchten sie. Ihre Flucht war bemerkt worden, und sie hatten nicht viel Zeit.

„Folge mir", sagte er und schlich geduckt an den Kisten vorbei. Sie bewegten sich leise, wie Schatten in der Nacht, und versuchten, jedem Geräusch auszuweichen.

Doch in einem Moment der Unachtsamkeit stieß Max gegen eine Metallstange, die krachend zu Boden fiel. Die Schritte draußen verstummten. Stille. Ein Moment, der wie eine Ewigkeit schien.

„Lauf", flüsterte er, und sie rannten, stürzten durch den Raum und rissen die Hintertür auf – hinaus in die kühle Nachtluft. Der Regen prasselte ihnen ins Gesicht, während sie durch die Gassen hetzten, ohne zu wissen, ob sie verfolgt wurden oder nicht.

ALS SIE ENDLICH DIE Straßenlichter von Berlin erreichten, hielt Max an, keuchend und völlig durchnässt. Hanna sank gegen eine Wand, ihre Augen weit aufgerissen, aber voller Entschlossenheit.

„Ich hoffe, das war es wert", sagte sie und versuchte, ein Lächeln zustande zu bringen.

Max nickte, seine Hände zitterten vor Anspannung. „Das war erst der Anfang. Jetzt wissen wir, wie tief sie wirklich stecken."

„Und jetzt?"

„Jetzt spielen wir weiter." Max blickte die dunklen Straßen entlang, das Gefühl der Bedrohung immer noch präsent. „Wir haben einen Fuß in die Tür bekommen. Es ist Zeit, sie aufzustoßen."

Kapitel 16: Grenzen überschreiten

―――

Der dichte, stickige Geruch von Gewürzen, Schmutz und Benzin hing in der Luft, während Max und Hanna sich durch die belebten Gassen von Mumbai schoben. Die Stadt lebte und atmete in einem Tempo, das den beiden fremd war. Hupende Rikschas, kreischende Händler und der nie endende Strom von Menschen, die sich durch die engen Straßen drängten, ließen keinen Raum für Ruhe.

„Willkommen im Chaos", sagte Max trocken, während er einem hupenden Motorradfahrer auswich, der sich aggressiv seinen Weg durch die Menge bahnte.

Hanna hob eine Augenbraue und schüttelte den Kopf. „Und ich dachte, Berlin sei chaotisch. Hier..." Sie ließ den Satz in der Luft hängen und sah sich um, als wäre sie unsicher, ob sie in einem Alptraum oder einem lebenden Organismus gefangen war.

„Hier gibt es keine Regeln, nur Überleben", entgegnete Max sarkastisch. „Und hoffentlich auch Antworten."

―――――

IHR ZIEL WAR EIN KLEINES, unauffälliges Café, tief im Herzen des Altstadtviertels. Hier, in den schmalen Straßen, die von heruntergekommenen Gebäuden flankiert wurden, war das Treiben der Stadt gedämpfter. Eine stickige Hitze drückte durch die Gassen, und der Lärm war gedämpft, als sie die düstere Fassade des Lokals betraten.

„Ich hoffe, unser Informant ist pünktlich", murmelte Max und zog eine zerknitterte Visitenkarte aus der Tasche. Darauf stand nur ein Name:

Anand. „Er behauptet, er wisse mehr über unseren Sektenführer, als ihm lieb ist."

„Wird er überhaupt erscheinen?", fragte Hanna und blickte skeptisch auf die schäbige Einrichtung des Cafés. Es war dunkel, mit fleckigen Tischdecken und einer dunstigen Atmosphäre, die den Raum wie in einem endlosen Schattenreich erscheinen ließ.

„Wenn er klug ist, ja", antwortete Max. „Wenn er noch klüger ist, bleibt er weg."

Kaum hatten sie Platz genommen, öffnete sich die Tür, und ein kleiner, dünner Mann in abgetragener Kleidung trat ein. Sein Gesicht war vom Leben in den Straßen gezeichnet, und seine Augen hatten den kühlen, abschätzigen Blick eines Menschen, der alles gesehen hatte. Max hob die Hand, und der Mann kam ohne zu zögern auf sie zu.

„Anand, nehme ich an", sagte Max ruhig und deutete auf den Stuhl vor sich. Anand setzte sich, seine Bewegungen waren vorsichtig, fast ängstlich.

„Was wollt ihr?", fragte er, ohne sich die Mühe zu machen, sich vorzustellen. „Ich kenne euch nicht, und ich will auch nicht mehr wissen, als nötig."

„Kein Grund zur Sorge", erwiderte Max mit einem gezwungenen Lächeln. „Wir sind nur hier, um Informationen zu bekommen. Informationen über einen gewissen Mann, den du als deinen ehemaligen 'Meister' bezeichnet hast."

Anand schnaubte abfällig. „Meister? Er war nie ein Meister. Nur ein Lügner. Ein Manipulator." Seine Augen funkelten, als er das sagte, und Max wusste, dass sie auf der richtigen Spur waren.

„ERZÄHL UNS, WAS DU weißt", forderte Max, doch Anand zögerte. Seine Hände zitterten leicht, während er über den Tisch griff und nach seiner Tasse Kaffee griff.

„Das, was ich weiß, kann euch umbringen", sagte er leise, seine Stimme kaum mehr als ein Flüstern. „Der Mann, den ihr sucht, ist nicht irgendein Sektenführer. Er ist ein Genie in der Kunst der Manipulation. Ein Meister der Verkleidung."

„Wie originell", erwiderte Max trocken. „Das wissen wir bereits. Erzähl uns etwas, was wir nicht wissen."

Anand warf ihm einen scharfen Blick zu. „Er war hier, in Mumbai, bevor er nach Europa ging. Hat sich unter den spirituellen Gurus als einer der Ihren ausgegeben, hat die Unschuldigen geködert, die Verzweifelten. Und dann, eines Tages, war er verschwunden – mit all dem Geld und den Hoffnungen derer, die ihm folgten."

„Klingt nach einem typischen Scharlatan", meinte Hanna, ihre Stimme scharf wie ein Messer.

„Er ist mehr als das", sagte Anand. „Er hat sich in die Machtstrukturen hier eingebunden, sich mit den falschen Leuten angefreundet und die richtigen Feinde gemacht. Er hat uns benutzt, um seine eigenen Pläne voranzutreiben. Glaubt mir, seine Finger reichen weit – bis in die höchsten Ebenen."

———————

„WARUM HAST DU IHM GEDIENT?", fragte Max unverblümt. „Wenn er so ein Monster ist, warum bist du geblieben?"

Anand schaute für einen Moment ausdruckslos. Dann schien eine düstere Erinnerung seine Augen zu verdunkeln. „Weil er mir Hoffnung gab, als ich keine mehr hatte. Weil er ein Meister der Worte war, ein

Verführer der Seelen. Du merkst nicht, wie tief du sinkst, bis es zu spät ist."

Max nickte, als würde er etwas verstehen, das Hanna entging. „Und was hat ihn letztlich dazu getrieben, Mumbai zu verlassen? Warum ist er nach Europa gegangen?"

Anand lehnte sich zurück, seine Augen blickten plötzlich wehmütig. „Weil er wusste, dass er hier alles erreicht hatte, was er konnte. Er brauchte neue Märkte, neue Seelen. Aber er hat ein Vermächtnis hinterlassen. Einen Hauch von Dunkelheit, der sich hier nie ganz aufgelöst hat."

„Und du?", fragte Hanna, plötzlich neugierig. „Was ist dein Vermächtnis, Anand?"

Er starrte sie einen Moment lang an, dann lachte er bitter. „Mein Vermächtnis ist das Wissen, dass ich einer der Dummen war, die ihm glaubten. Aber auch das Wissen, wie man seine Spur findet."

ANAND REICHTE IHNEN einen vergilbten Umschlag. Max öffnete ihn vorsichtig und fand eine Reihe von Fotografien und handgeschriebenen Notizen. Ein Porträt des Sektenführers, noch jung und charismatisch, lächelnd in einem traditionellen Gewand. Es war derselbe Mann, den sie in Berlin nur als Gerücht und Schatten verfolgt hatten.

„Das ist alles, was ich habe", sagte Anand ruhig. „Seine Spur in Mumbai, seine Kontakte und sein Rückzugsort, bevor er die Stadt verließ. Wenn ihr mehr wissen wollt, müsst ihr tiefer graben – und dafür werdet ihr bezahlen."

„Wirklich großzügig", murmelte Max, während er die Papiere studierte. „Und was verlangst du als Preis?"

„Mein Schweigen", antwortete Anand kalt. „Ich will niemals wieder von euch hören. Und ihr werdet mich nie gesehen haben."

„Abgemacht", sagte Max, und Hanna nickte stumm. Sie wussten beide, dass dieser Deal mehr wert war als jedes Versprechen, das sie sich geben konnten.

KAUM HATTEN SIE DAS Café verlassen, hörten sie ein lautes Krachen hinter sich. Max wirbelte herum und sah, wie die Tür des Cafés aufschwang. Ein maskierter Mann stürzte heraus und rannte direkt auf sie zu. Ohne nachzudenken, zog Max Hanna zur Seite, und sie stürzten in eine Seitenstraße, während die Schritte des Verfolgers hinter ihnen lauter wurden.

„Das war eine Falle", zischte Hanna, während sie durch die engen Gassen jagten.

„Vielleicht", keuchte Max, „oder jemand mag einfach keine neugierigen Europäer."

Sie schlugen Haken, rannten um die Ecken, doch der Verfolger blieb ihnen dicht auf den Fersen. Max spürte den kalten Schweiß auf seiner Stirn, als er versuchte, einen Ausweg zu finden. Dann sah er eine alte Metalltreppe, die zu einem verlassenen Dach führte.

„Da hoch!", rief er, und sie sprinteten die Treppe hinauf. Die Metallstufen klapperten laut, und der Lärm schien die ganze Stadt zu wecken.

OBEN ANGEKOMMEN, BLICKTEN sie hinunter und sahen, wie der Verfolger am Fuß der Treppe zögerte. Max zog Hanna mit sich über das Dach, durch eine zerbrochene Fensterluke und in das verlassene Gebäude dahinter. Sie versteckten sich hinter einem Stapel alter Kisten und hielten den Atem an.

„Hoffentlich ist das Dach stabil", flüsterte Hanna mit einem zittrigen Lächeln.

„Wenn nicht, wird es uns zumindest den Rückweg versperren", antwortete Max trocken.

Die Schritte des Verfolgers hallten über das Dach, wurden leiser, bis sie ganz verstummten. Max spürte, wie die Spannung in seinem Körper nachließ, aber die Angst blieb. „Er wird zurückkommen", sagte er düster. „Sie werden uns nicht so leicht entkommen lassen."

„Dann sollten wir verschwinden, bevor sie sich neu formieren", erwiderte Hanna und stand langsam auf.

ZURÜCK IN DER STICKIGEN, neonbeleuchteten Nacht von Mumbai wusste Max, dass ihre Suche hier nicht endete – sie hatte gerade erst begonnen. Die Informationen von Anand waren der erste wahre Hinweis auf die Machenschaften des Sektenführers, aber sie wussten beide, dass der Preis dafür höher sein würde, als sie jemals ahnten.

„Und was jetzt?", fragte Hanna, ihre Stimme war hart und entschlossen.

Max lächelte schwach. „Jetzt jagen wir Geister. Und diesmal, Hanna, werden wir sie fangen."

Kapitel 17: Spiegel der Wahrheit

———

Das Innere des Tempels war schattig, geheimnisvoll und umhüllt von einem stillen, fast erdrückenden Schweigen. Inmitten all dieser Eindrücke saß ein alter Mann in einem schlichten weißen Gewand, tief in Meditation versunken. Der "Guru", wie er nur genannt wurde, war schmal und sehnig, sein Gesicht durchzogen von Falten, die von einem Leben voller Geheimnisse sprachen. Max und Hanna warteten vor ihm, während er langsam die Augen öffnete. Seine tiefen, durchdringenden Blicke schienen sie zu durchleuchten, und Max spürte, dass dieser Mann wusste, warum sie hier waren – vielleicht schon lange, bevor sie selbst es wussten.

„Ich habe euch erwartet", sagte der Guru mit einer ruhigen Stimme, die von Weisheit, aber auch von einer verborgenen, unausgesprochenen Gefahr zeugte. Max konnte nicht anders, als zu schnauben.

„Natürlich", sagte Max ironisch, „weil wir ja auch so einzigartig sind, dass jeder in Mumbai von uns gehört hat."

Hanna legte ihm warnend eine Hand auf den Arm. „Max, lass ihn reden."

Der Guru lächelte nur sanft, als ob er genau wüsste, was in Max vorging. „Ihr seid hier, weil ihr Antworten sucht", sagte er langsam. „Und die Antworten, die ich habe, sind nicht das, was ihr hören wollt."

„Das ist ja mal etwas Neues", bemerkte Max spöttisch. „Wieso sagen das alle, die etwas zu verbergen haben?"

———

DER GURU LEHNTE SICH zurück, verschränkte die Hände vor sich und begann leise zu sprechen. „Der Mann, den ihr jagt, ist ein Meister der Täuschung. Er ist nicht der, für den er sich ausgibt. Was ihr zu wissen glaubt, ist nur die Spitze des Eisbergs."

„Du meinst, er ist ein Lügner", warf Hanna ein, ihre Stimme klang härter als sie wollte. „Das wissen wir bereits."

„Nein", entgegnete der Guru. „Er ist kein gewöhnlicher Lügner. Er ist ein Mann ohne Gesicht. Ein Chamäleon, das sich je nach Gelegenheit verwandelt. In Indien war er ein erleuchteter Lehrer, in Europa ein charmanter Politiker, und in Deutschland ein unsichtbarer Puppenspieler."

Max sah ihn skeptisch an. „Und was ist seine wahre Identität? Was verbirgt sich hinter all diesen Masken?"

Der Guru zögerte, seine Augen wanderten kurz zur Seite, als ob er etwas abwog. „Sein Name ist nicht wichtig", sagte er schließlich. „Wichtig ist, dass er eine Fähigkeit hat, die nur wenige besitzen: Er sieht das, was andere verbergen wollen, und er nutzt es gnadenlos aus. Er erkennt die Schwächen seiner Opfer und verstärkt sie, bis sie ihm gehören."

„Hört sich an wie ein aus dem Ruder gelaufener Hobbypsychologe", spottete Max. „Was willst du damit sagen? Dass er ein Hellseher ist?"

„Nein", sagte der Guru ruhig. „Er ist ein Spiegel. Er zeigt den Menschen das, was sie am meisten fürchten – oder am meisten begehren. Und dann gibt er ihnen, was sie sich wünschen, nur um es ihnen schließlich wieder zu nehmen."

HANNA BISS SICH AUF die Lippe, als sie die Worte des Gurus hörte. Etwas daran ließ eine Saite in ihr klingen, etwas tief in ihrem Inneren. „Und was hat er dir gezeigt?", fragte sie leise, und ihre Stimme zitterte leicht.

Der Guru zögerte, seine Augen verloren sich in einer unsichtbaren Vergangenheit. „Er hat mir die Illusion der Macht gezeigt", antwortete er schließlich. „Er ließ mich glauben, ich könnte über andere herrschen, dass ich die Wahrheit in den Händen hielt. Aber als ich erkannte, dass er nur ein Spiegel war, war es zu spät. Ich war bereits sein Diener."

„Und du bist jetzt hier, um uns zu helfen, weil du ein reuiger Sünder bist, der seine Fehler wiedergutmachen will?", fragte Max sarkastisch.

Der Guru lachte. Es war kein fröhliches Lachen, sondern ein hartes, bitteres Geräusch. „Nein, ich helfe euch nicht aus Reue. Ich helfe euch, weil ich weiß, dass ihr scheitern werdet. Und ich möchte sehen, wie ihr fallt."

Max konnte seine Überraschung kaum verbergen, während Hanna die Augen zusammenkniff und den Guru durchbohrte. „Du denkst also, dass wir keine Chance haben? Dass er uns zerstören wird, wie er es mit dir getan hat?"

„Ich weiß es", sagte der Guru kalt. „Weil ihr wie offene Bücher seid. Er wird euch durchschauen, euch verdrehen, und ihr werdet es nicht einmal merken, bis es zu spät ist."

———

MAX BALLTE DIE FÄUSTE und wollte aufstehen, doch Hanna hielt ihn zurück. „Warum erzählst du uns das dann? Warum warnst du uns, wenn du glaubst, dass wir sowieso verlieren?"

Der Guru sah sie an, und seine Augen flackerten für einen kurzen Moment. „Weil ich hoffe, dass ihr klüger seid als ich. Dass ihr ihn dort trefft, wo er verwundbar ist. Aber glaubt nicht, dass ihr jemals alles über ihn erfahren werdet. Sein wahres Gesicht ist tief im Schatten verborgen."

Max atmete tief durch, dann beugte er sich vor. „Dann sag mir zumindest eines: Wo finden wir ihn? Wo ist er verwundbar?"

Der Guru schloss für einen Moment die Augen, als ob er eine innere Entscheidung traf. „In Europa", sagte er leise. „Inmitten von Macht und Reichtum. Er hat sich dort ein Netz gesponnen, das stärker ist, als ihr es euch vorstellen könnt."

„Und doch gibst du uns keine Namen, keine Orte. Nichts Konkretes", sagte Max zynisch. „Wie typisch."

„Ich gebe euch das, was ihr braucht", entgegnete der Guru. „Den Rest müsst ihr selbst herausfinden."

———

SIE VERLIESSEN DEN TEMPEL, die Abendluft war heiß und schwül, als ob die Welt selbst den Atem anhalten würde. Hanna schwieg, und Max wusste, dass ihre Gedanken genauso wirr waren wie seine eigenen.

„Also, was jetzt?", fragte sie schließlich, ihre Stimme klang rau. „Glaubst du ihm?"

Max zuckte mit den Schultern. „Ob ich ihm glaube oder nicht, spielt keine Rolle. Was zählt, ist, dass er uns einen Weg gezeigt hat – oder zumindest die Illusion eines Weges."

„Eine Illusion", wiederholte Hanna und schüttelte den Kopf. „Wir jagen Geister, Max. Immer noch."

„Und wir werden weiter jagen", antwortete Max entschlossen. „Bis wir etwas Handfestes haben. Oder bis wir in den Abgrund stürzen."

Hanna lächelte traurig. „Vielleicht ist das derselbe Abgrund, in den dein Bruder gestürzt ist."

Max hielt inne und sah sie an, seine Augen kalt und hart. „Vielleicht", sagte er leise, „aber ich werde ihn finden. Und wenn ich dafür alles verlieren muss."

ZURÜCK IN IHREM HOTELZIMMER durchwühlte Max die Notizen, die er vom Guru erhalten hatte. Sie waren kryptisch, voller Andeutungen und versteckter Hinweise, die mehr Fragen aufwarfen, als sie beantworteten. Hanna saß ihm gegenüber, ihre Augen fixierten einen Punkt an der Wand, während sie schweigend in Gedanken versunken war.

„Also, was haben wir?", fragte Max schließlich und warf die Papiere auf den Tisch. „Nichts Konkretes, nur mehr Rätsel."

„Vielleicht ist das der Punkt", sagte Hanna leise. „Vielleicht sind die Rätsel der einzige Weg, ihn zu verstehen."

„Oder er spielt nur wieder mit uns", sagte Max bitter. „Wie er es mit allen getan hat."

Hanna stand auf und ging zum Fenster. „Vielleicht", sagte sie, ihre Stimme kaum mehr als ein Flüstern. „Aber vielleicht ist das unsere einzige Chance, ihn zu schlagen. Indem wir lernen, wie er denkt."

Max schnaubte. „Großartig. Wir sollen also wie er werden, um ihn zu besiegen?"

Hanna drehte sich zu ihm um, und ihre Augen glühten vor Entschlossenheit. „Nein", sagte sie fest. „Wir müssen besser sein. Und dafür müssen wir den Spiegel verstehen, den er uns vorhält."

Kapitel 18: Verrat im Verborgenen

———

Die kalte, schneidende Luft Berlins empfing Max und Hanna, als sie aus dem Flugzeug stiegen. Der graue Himmel spannte sich wie ein schwerer Schleier über die Stadt, als hätte sich das Wetter ihrer Stimmung angepasst. Zurück in Deutschland, schien alles unwirklich. Die Zeit in Indien, die düsteren Enthüllungen des Gurus – es fühlte sich an, als wären sie in ein anderes Leben getaucht und wieder aufgetaucht, um festzustellen, dass nichts mehr so war, wie es schien.

Max schnaufte und zog seine Jacke enger um sich. „Zurück in der Realität", murmelte er. „Oder zumindest in einer Illusion, die sich wie Realität anfühlt."

Hanna warf ihm einen besorgten Blick zu, sagte aber nichts. Seit dem Gespräch mit dem Guru hatte sich etwas in ihrer Beziehung verändert – ein unsichtbares Band, das sie zusammenhielt, aber auch eine Wand des Schweigens, die sich zwischen ihnen aufgebaut hatte. Die Reise hatte sie enger zusammengeschweißt, aber auch mit mehr Zweifeln und ungelösten Fragen beladen.

———

KAUM HATTEN SIE IHREN Mietwagen bestiegen, klingelte Max' Handy. Eine Nachricht von einem anonymen Absender blitzte auf dem Bildschirm auf: „Pass auf, wem du vertraust."

Er schnaubte ironisch. „Wie originell. Der Klassiker unter den Drohungen."

„Was ist los?", fragte Hanna, während sie sich den Sicherheitsgurt anlegte.

„Ach, nichts weiter. Nur ein weiterer freundlicher Hinweis darauf, dass wir in einer großen, fettgedruckten Lüge leben", antwortete Max, während er ihr die Nachricht zeigte.

Hanna las die Worte und ihre Miene verfinsterte sich. „Was, wenn sie recht haben?", fragte sie leise. „Was, wenn wir jemandem vertrauen, der nicht auf unserer Seite ist?"

Max biss sich auf die Lippe, seine Augen verengten sich. „Genau das ist das Problem. Ich habe darüber nachgedacht, seit wir die letzte Nachricht von Benedikt erhalten haben. Irgendetwas stimmt nicht."

„Du meinst, er könnte..." Hannas Stimme brach ab. Sie wollte den Satz nicht zu Ende führen.

Max nickte langsam. „Ja. Ich glaube, unser lieber Herr Anwalt spielt ein doppeltes Spiel."

ZWEI TAGE SPÄTER BETRATEN sie das Café, in dem sie sich mit Benedikt Richter verabredet hatten. Es war einer dieser schicken Orte im Herzen Berlins, die teure Antiquitäten mit modernem Minimalismus mischten. Max hasste solche Orte – zu stilvoll, zu perfekt, als würde die Welt außerhalb der großen Fensterfronten nicht existieren. Benedikt saß bereits an einem Tisch in der Ecke, wie immer tadellos gekleidet in einem dunklen Anzug, der ihm einen Hauch von Eleganz verlieh.

„Ah, Max, Hanna!", rief er ihnen zu, als er sie erblickte, mit einem strahlenden Lächeln auf den Lippen. „Es ist gut, euch wieder in einem zivilisierten Land zu sehen."

„Ja, nichts geht über die gute, alte Berliner Kälte", erwiderte Max trocken, während er sich setzte. „Passt hervorragend zur Stimmung."

Benedikt lachte. „Immer dieser Sarkasmus, Max. Aber ich schätze, das hält dich am Leben."

Max verzog keine Miene. „Ja, das und ein gesunder Misstrauensinstinkt."

Hanna musterte Benedikt, als würde sie versuchen, in sein Inneres zu blicken. „Was hast du in den letzten Tagen herausgefunden?", fragte sie direkt.

Benedikt zuckte die Schultern. „Nicht viel Neues, fürchte ich. Die Verbindungen der Sekte sind stärker, als wir dachten. Aber ich habe eine Quelle, die mehr wissen könnte – es wird allerdings gefährlich."

Max lehnte sich zurück und hob eine Augenbraue. „Gefährlich? Seit wann scheust du Risiken, Benedikt?"

Der Anwalt lächelte kühl. „Nicht jeder ist so ein Draufgänger wie du, Max. Ich bevorzuge es, meine Karten vorsichtig auszuspielen."

„Oder sie zu mischen", murmelte Max kaum hörbar, während er Benedikt nicht aus den Augen ließ.

———

NACH DEM TREFFEN VERLIESSEN sie das Café, und Max konnte die Anspannung in der Luft beinahe schmecken. Hanna sagte nichts, bis sie im Auto saßen und der Motor leise brummte.

„Du vertraust ihm wirklich nicht mehr, oder?", fragte sie schließlich.

„Vertrauen ist ein großes Wort", sagte Max mit einem bitteren Lächeln. „Aber nennen wir es doch einfach mal: Ich habe einen gesunden Verdacht."

„Was, wenn wir falsch liegen?", entgegnete Hanna. „Was, wenn Benedikt wirklich auf unserer Seite ist?"

Max startete den Wagen und sah sie an. „Das ist das Risiko, das wir eingehen müssen. Aber ich habe einen Plan."

Hanna sah ihn skeptisch an. „Oh, großartig. Max Stolz und seine genialen Pläne. Was ist diesmal dein großer Schachzug?"

„Wir testen ihn", sagte Max ruhig. „Wir geben ihm eine falsche Fährte. Wenn die Sekte darauf reagiert, dann wissen wir, dass er sie informiert hat."

———

AM NÄCHSTEN MORGEN schickte Max Benedikt eine Nachricht. In ihr erwähnte er angebliche Beweise, die er in einer verlassenen Lagerhalle außerhalb der Stadt gefunden habe – natürlich eine Falle. Hanna beobachtete ihn, während er die Nachricht tippte, und ihre Augen spiegelten Zweifel wider.

„Bist du sicher, dass das eine gute Idee ist?", fragte sie zögernd.

„Nein", antwortete Max ehrlich. „Aber es ist die einzige Möglichkeit, die wir haben."

Sie fuhren zu der Lagerhalle, die tatsächlich existierte, aber leer und verlassen war. Max platzierte eine Kamera im Inneren, versteckte sie in einer Ecke und wartete ab. Sie saßen stundenlang im Auto, beobachteten den Eingang und tranken schlechten Kaffee aus einer Thermoskanne, die Max zufällig im Handschuhfach gefunden hatte.

„Du weißt, dass das schiefgehen kann, oder?", fragte Hanna, während die Dämmerung langsam hereinbrach.

„Ja", sagte Max leise. „Aber was bleibt uns übrig?"

———

KURZ NACH MITTERNACHT bewegte sich etwas im Schatten. Max' Herzschlag beschleunigte sich, als er eine Gestalt in dunkler Kleidung am Eingang der Lagerhalle sah. „Da!", flüsterte er und richtete die Kamera.

Es war Benedikt. Er bewegte sich schnell, zielgerichtet, als ob er genau wusste, wonach er suchte. Er verschwand für einige Minuten im Inneren der Halle und kam dann mit einem düsteren Gesichtsausdruck zurück, bevor er in die Dunkelheit verschwand.

„Verdammt", murmelte Max. „Er hat angebissen."

„Das... das beweist nichts", stotterte Hanna. „Vielleicht wollte er nur nachsehen, ob..."

„Hör auf, ihn zu verteidigen", unterbrach Max sie scharf. „Er wusste genau, dass dort nichts ist. Er hat uns verraten."

———————————

AM NÄCHSTEN TAG RIEF Max Benedikt an und bat um ein erneutes Treffen. Diesmal trafen sie sich an einem verlassenen Pier, fernab neugieriger Augen. Benedikt kam, wie immer pünktlich und makellos gekleidet, als wäre dies ein normales Geschäftsessen.

„Was ist los, Max?", fragte er, als er Max' finstere Miene sah. „Du klingst... angespannt."

„Oh, das bin ich", sagte Max mit einem breiten, falschen Lächeln. „Erzähl mir doch mal, Benedikt – wie war dein nächtlicher Ausflug zur Lagerhalle?"

Benedikts Gesicht erstarrte für einen Moment, dann zwang er ein Lächeln auf seine Lippen. „Ich weiß nicht, wovon du sprichst."

111

„Komm schon", sagte Max kalt. „Wir haben dich gesehen. Und wenn du jetzt lügst, werde ich nicht zögern, dir den Boden unter den Füßen wegzuziehen."

Der Anwalt zuckte zusammen, und für einen Augenblick blitzte etwas wie Angst in seinen Augen auf. Doch dann schüttelte er den Kopf. „Du verstehst nicht, Max. Es ist nicht so, wie du denkst. Ich habe das alles für euch getan, um euch zu schützen."

„Schützen?", spottete Max. „Vor wem? Vor dir selbst?"

Benedikt schwieg, sein Blick sank zu Boden. „Ihr habt keine Ahnung, mit wem ihr es zu tun habt", flüsterte er schließlich. „Wenn ich es nicht getan hätte, wären wir alle längst tot."

Max stand auf, seine Augen glühten vor Zorn. „Vielleicht hast du recht, Benedikt. Vielleicht haben wir keine Ahnung. Aber eines weiß ich sicher: Du bist nicht mehr einer von uns."

Kapitel 19: Der Abgrund blickt zurück

E in leises Piepen riss Max aus seinem Alptraum. Sein Handy blinkte im schummrigen Licht des Zimmers. Er hatte es die ganze Nacht auf dem Tisch neben seinem Bett liegen lassen, erwartete keine Anrufe um diese Uhrzeit – und trotzdem war da diese Nachricht. Sein Herz raste bereits, bevor er sie überhaupt öffnete.

ANGEHÄNGT WAR EIN UNSCHARFES Foto von Hanna, ihre Augen weit aufgerissen, ein Hauch von Panik in ihrem Blick.

Max starrte auf das Bild, sein Körper erstarrte. Der Schmerz und die Angst stiegen in ihm auf wie ein Tsunami. Doch nach einem Moment verflog die erste Schockstarre, und sein journalistischer Instinkt übernahm das Ruder. „Immer diese moralischen Dilemmata", murmelte er sarkastisch und biss die Zähne zusammen, um die Wut zu unterdrücken. Er wusste, dass die Uhr tickte.

ER STÜRZTE SICH IN seine Recherchen, hektisch durchwühlte er die Notizen und Dokumente, die sich über Wochen auf seinem Schreibtisch angesammelt hatten. Jeder Hinweis, jedes Detail, das ihm helfen konnte, Hanna zu finden, musste ans Licht gebracht werden. Aber mit jeder Minute, die verstrich, nagte eine schreckliche Erkenntnis an ihm: Sollte er die Suche nach der Wahrheit wirklich aufgeben, um Hanna zu retten?

Er warf einen schnellen Blick auf das Notizbuch, das aufgeschlagen vor ihm lag – die Worte verschwammen vor seinen Augen. „Hanna hat mehr verdient als einen tragischen Abgang", dachte er bitter. Doch er wusste, dass seine Gegner darauf aus waren, ihn genau vor diese Entscheidung zu stellen.

Plötzlich klingelte sein Telefon. Eine unbekannte Nummer. Er zögerte, nahm dann ab. „Stolz", meldete er sich knapp.

„Max, ich hoffe, du bist schlau genug, uns nicht herauszufordern", erklang eine kalte, verzerrte Stimme. „Du weißt, was auf dem Spiel steht."

„Ja, das weiß ich", sagte Max mit eisiger Stimme. „Aber du solltest wissen, dass ich nicht aufgebe. Niemals."

Ein leises Lachen ertönte am anderen Ende der Leitung. „Dann wirst du zusehen, wie sie leidet." Die Verbindung wurde unterbrochen.

Er stand für einen Moment regungslos da, seine Gedanken rasten. Er konnte spüren, wie der Abgrund ihn anstarrte, wie das Gewicht seiner Entscheidung ihm die Luft abschnürte. „Verdammt!", schrie er und warf das Telefon quer durch den Raum, wo es krachend an der Wand zerschellte.

―――――――

MAX WUSSTE, DASS ER nicht einfach tatenlos herumsitzen konnte. Die Entführung von Hanna war ein Zeichen – ein makabres Spiel, bei dem sie ihn in die Enge treiben wollten. Er musste einen Plan entwickeln, und zwar schnell. Er setzte sich an seinen Computer und begann, die Netzwerke und Kontakte, die er in den letzten Monaten aufgebaut hatte, zu durchforsten. Wenn er Hannas Aufenthaltsort finden wollte, musste er sich auf seine eigenen Ressourcen verlassen.

Sein erster Gedanke galt Karl Wendel. Der windige Journalist, der ihm vor wenigen Tagen noch seine Hilfe angeboten hatte. Max wusste, dass er ein Risiko einging, aber vielleicht wusste Karl mehr, als er preisgegeben hatte. Er beschloss, das Spiel zu spielen und riskierte einen Anruf.

Karl antwortete nach dem dritten Klingeln. „Ah, Max. Lange nicht gehört. Ich dachte, du wärst beschäftigt, deine Heldentaten in einem deiner epischen Artikel zu verewigen."

„Kein Sarkasmus heute, Karl", knurrte Max. „Ich brauche Informationen."

Karl lachte. „Na, das ist doch mal was Neues. Der große Max Stolz braucht meine Hilfe. Was ist passiert, hat dich die Wahrheit eingeholt?"

„Hanna ist entführt worden. Sie haben sie." Max' Stimme zitterte leicht, aber er zwang sich, ruhig zu bleiben.

Am anderen Ende der Leitung herrschte plötzlich Stille. Dann, mit einem unerwarteten Ernst, fragte Karl: „Wer sind ‚sie'?"

„Die, die ich die ganze Zeit verfolgt habe. Die Sekte. Ich weiß nicht, wo sie sie festhalten, aber ich habe nicht viel Zeit. Hilfst du mir oder nicht?"

Eine lange Pause folgte, bevor Karl antwortete. „Treff mich in einer Stunde im alten Parkhaus an der Gerberstraße. Bring keine Verstärkung."

———

MAX WUSSTE, DASS DAS eine Falle sein könnte, aber er hatte keine Wahl. Der Wind wehte kalt, als er durch die leeren Etagen des Parkhauses schritt, das echoende Geräusch seiner Schritte verstärkte die Stille um ihn herum. Plötzlich tauchte Karl aus dem Schatten auf, seine Hände in den Taschen seiner abgetragenen Jacke vergraben.

„Du bist tatsächlich gekommen", sagte Karl mit einem schiefen Lächeln. „Mutig oder dumm?"

„Sag du es mir", entgegnete Max, der seine Augen nicht von Karl abwandte. „Hast du Informationen oder spielst du nur deine üblichen Spielchen?"

Karl zog einen Umschlag aus seiner Tasche und reichte ihn Max. „Hier sind ein paar Adressen. Ich habe gehört, dass die Sekte in den letzten Monaten an mehreren Orten in der Stadt aktiv war. Vielleicht findest du etwas."

Max nahm den Umschlag, aber sein Blick blieb misstrauisch. „Und warum hilfst du mir wirklich?"

Karl grinste. „Weil ich keine Konkurrenz mag, Max. Und weil ich weiß, dass du, wenn du weiter so schreibst, irgendwann auf die Schnauze fallen wirst. Aber ich will sehen, wie du das hier spielst."

„Was auch immer du dir einbildest", sagte Max kühl und steckte den Umschlag ein. „Danke. Aber vergiss nicht – ich behalte dich im Auge."

„Mach das, Max", sagte Karl und verschwand so schnell, wie er aufgetaucht war, wieder im Schatten.

DIE ADRESSEN IN DEM Umschlag führten Max und seine kleinen, aber loyalen Informantengruppen quer durch Berlin. Dunkle Hinterhöfe, verlassene Gebäude und heruntergekommene Wohnungen. Überall suchte er nach Hinweisen auf Hannas Aufenthaltsort, aber es war, als ob sich die Stadt selbst gegen ihn verschworen hätte.

In einem verlassenen Lagerhaus, das nach alten Zigaretten und Staub roch, fand Max schließlich eine Spur. Ein Zeichen an der Wand –

das bekannte Schlangensymbol, das er so oft gesehen hatte. Es war halb verblichen, aber deutlich genug, um ihn innehalten zu lassen. Er wusste, dass er auf der richtigen Spur war.

Dann, fast unsichtbar im schattigen Raum, entdeckte er eine kleine Notiz, die an einer rostigen Tür angeklebt war. In hastig gekritzelten Buchstaben stand dort: **„Am Ende ist die Wahrheit nur eine weitere Lüge."**

Sein Herz setzte einen Schlag aus. War das eine Botschaft von Hanna? Oder ein weiterer grausamer Streich der Sekte, um ihn weiter zu verwirren?

––––––––––––––––

GERADE ALS ER DIE NOTIZ in seine Jackentasche steckte, vibrierte sein neues Handy in seiner Tasche. Er zog es hervor und erkannte die Nummer sofort: Benedikt Richter.

„Was zum Teufel willst du?", fragte Max schroff, als er abhob.

„Ich habe Neuigkeiten", sagte Benedikt ohne Umschweife. „Und ich weiß, dass du mir nicht traust, aber das ist wichtig. Hanna lebt. Ich habe eine Nachricht von den Entführern erhalten – sie wollen dich in eine Falle locken."

Max' Finger umklammerten das Telefon so fest, dass seine Knöchel weiß wurden. „Und warum sollte ich dir glauben?", fragte er zynisch.

„Weil ich auch ein Ziel bin, Max. Sie wollen uns beide loswerden. Glaub mir, wenn ich könnte, würde ich mich raushalten. Aber jetzt... wir stecken gemeinsam in der Sch..."

„Sag mir, wo sie ist", schnitt Max ihm das Wort ab.

„Ich habe einen Treffpunkt", antwortete Benedikt zögernd. „Ein altes Lagerhaus am Stadtrand. Aber sei vorsichtig. Das ist eine Falle, ich weiß es."

Max hielt kurz inne, dann sagte er mit eisiger Entschlossenheit: „Ich werde da sein. Und du wirst auch da sein. Denn wenn das schiefgeht, Benedikt, dann garantiere ich dir – du wirst es bereuen."

Die Verbindung brach ab, und Max fühlte, wie die Spannung in ihm fast unerträglich wurde. Die Nacht legte sich schwer über Berlin, und er wusste, dass dies der Moment war, in dem er entscheiden musste, ob er bereit war, alles zu riskieren – für Hanna und für die Wahrheit.

Kapitel 20: Schatten der Vergangenheit

———

Ein scharfer Wind pfiff durch die verlassenen Gänge des alten Lagerhauses am Stadtrand von Berlin. Die neonbeleuchteten Schemen der Stadt waren in weiter Ferne nur noch als diffuse Lichter zu erkennen. Hier, in der Dunkelheit der verfallenen Hallen, stand Hanna – das Herz schlug ihr bis zum Hals, die Handflächen kalt und feucht. Der Moment, den sie gefürchtet und gleichzeitig herbeigesehnt hatte, war endlich gekommen.

Ihr Peiniger, der Mann, der ihr Leben in den finstersten Abgrund gestürzt hatte, stand nur wenige Meter entfernt. Ein Schatten in der Dunkelheit, dessen Umrisse kaum zu erkennen waren. Doch seine Präsenz war wie ein lähmender Nebel, der sich um ihre Brust legte und ihr die Luft abschnürte.

„Du kannst nicht entkommen", flüsterte er, seine Stimme kalt und ruhig, als ob er die Situation vollkommen unter Kontrolle hätte. „Wir sind beide Gefangene der Vergangenheit."

Hanna schloss kurz die Augen, spürte den Schmerz, den Zorn und die Verzweiflung, die sich in ihr aufbauten, und dann öffnete sie sie wieder – fester und klarer als zuvor. „Vielleicht nicht", sagte sie, und ihre Stimme war erstaunlich ruhig, „aber ich kann kämpfen."

———

EIN SELTSAMES LÄCHELN spielte auf den Lippen des Anführers. „So mutig, kleine Hanna. Hast du wirklich geglaubt, du könntest hier auftauchen und die Geister der Vergangenheit einfach besiegen?" Er machte einen Schritt auf sie zu, langsam und bedrohlich, als wäre jede Bewegung eine kalkulierte Drohung.

„Nein", erwiderte sie, und eine Spur von Sarkasmus schlich sich in ihre Stimme. „Ich habe nicht geglaubt, dass es einfach wird. Aber ich habe keine Angst mehr. Du hast mir alles genommen, was du konntest. Jetzt bin ich dran."

Ihre Augen funkelten vor Entschlossenheit, während sie das Gesicht ihres Peinigers musterte. Das Gesicht, das sie so oft in ihren Alpträumen gesehen hatte, in verzerrten Visionen der Angst und des Schmerzes. Doch diesmal war es anders. Diesmal war sie nicht länger das verängstigte Mädchen, das Schutz und Führung suchte. Diesmal war sie eine Frau, die bereit war, sich dem Schatten zu stellen.

———————

„KÄMPFEN?", HÖHNTE DER Anführer und schüttelte den Kopf. „Du kämpfst nicht, Hanna. Du fliehst immer nur. Vor deinen Ängsten, vor der Wahrheit, vor mir." Er ließ das letzte Wort wie ein Gift in die Luft hängen, genoss es, sie zu provozieren.

„Die Wahrheit?", fragte Hanna, und ein bitteres Lächeln umspielte ihre Lippen. „Du meinst die Wahrheit, die du mir jahrelang aufgetischt hast, um mich und all die anderen zu manipulieren? Die Wahrheit, die du genutzt hast, um uns zu brechen und uns glauben zu lassen, dass wir ohne dich verloren sind?"

Seine Augen blitzten gefährlich auf. „Du verstehst es nicht, Hanna. Ohne mich wärst du nie stark genug geworden, um überhaupt hier zu stehen. Ich habe dich geformt, ich habe dich zu der gemacht, die du bist."

Hanna schnaubte. „Und das soll ich dir danken? Soll ich dir danken, dass du mich fast zerstört hast, nur damit ich irgendwann den Mut finde, mich dir zu widersetzen?"

„Du bist nichts ohne mich", knurrte er, seine Stimme drohte zu brechen. „All diese Jahre, all die Opfer... und jetzt kommst du hierher, um alles zu zerstören?"

„Ich komme, um mich zu befreien", sagte Hanna fest. „Von dir. Von deiner Macht. Und von der Vergangenheit."

EIN ANGESPANNTES SCHWEIGEN breitete sich zwischen ihnen aus. Hanna spürte, wie die Luft um sie herum schwerer wurde, als ob die Wände des Lagerhauses näher rückten. Sie wusste, dass dies der Moment war, in dem sie entweder zerbrechen oder triumphieren würde.

Der Anführer machte einen Schritt nach vorne, die Dunkelheit schien sich mit ihm zu bewegen, als ob sie sich um ihn rankte und ihn schützte. „Du weißt, dass es nicht so einfach ist, Hanna", sagte er leise. „Du kannst den Schmerz nicht einfach abschütteln, so wie du auch mich nicht abschütteln kannst. Du trägst mich in dir, für immer."

Hanna wich nicht zurück. „Vielleicht stimmt das. Aber ich lasse mich davon nicht mehr kontrollieren."

In einem plötzlichen Anfall von Wut griff der Anführer nach ihrer Hand, hielt sie fest, seine Finger gruben sich in ihre Haut. „Du bist immer noch das schwache, zerbrochene Mädchen, das nach einem Retter schreit!", zischte er, und seine Augen funkelten vor Zorn.

Doch diesmal hielt Hanna dem Blick stand. Sie schüttelte seine Hand ab und trat einen Schritt zurück. „Nein", sagte sie fest. „Ich bin nicht mehr dein Opfer."

DER ANFÜHRER SPRANG auf sie zu, aber Hanna war schneller. Sie duckte sich, wich seinem Schlag aus und warf einen Stuhl um, der scheppernd zu Boden fiel. Der Raum verwandelte sich in ein Chaos aus Schatten und Bewegung, als sie sich duellierten, eine Explosion aus unterdrückter Wut und Rachegelüsten.

Hanna spürte, wie die Furcht aus ihren Adern wich und durch einen wilden, pulsierenden Zorn ersetzt wurde. Sie wich einem weiteren Angriff aus, stieß ihren Angreifer hart in die Rippen und hörte, wie er keuchend nach Luft schnappte. Die Jahre der Angst, der Manipulation und der Kontrolle – alles brach jetzt aus ihr heraus, wie eine Flut, die nicht mehr zu stoppen war.

„Du hast mich immer unterschätzt", keuchte sie und stand wieder aufrecht, das Gesicht vor Entschlossenheit glühend. „Aber ich bin nicht mehr die, die du kennst."

Der Anführer taumelte zurück, unfähig, die plötzliche Veränderung in ihr zu begreifen. Seine Augen waren weit aufgerissen, eine Mischung aus Überraschung und unbändigem Zorn spiegelte sich darin wider. „Du wirst niemals gewinnen!", schrie er.

„Das ist mir egal", rief Hanna zurück. „Es geht nicht ums Gewinnen. Es geht darum, frei zu sein."

———

SIE WUSSTE, DASS DIESER Kampf nicht ewig dauern konnte. In einem verzweifelten Moment griff sie nach einer alten Eisenstange, die auf dem Boden lag, und hielt sie wie eine Waffe zwischen sich und ihrem Peiniger. Doch er blieb stehen, und plötzlich verwandelte sich sein Zorn in etwas anderes – eine verdrehte Art von Stolz.

„Du hast gelernt", sagte er langsam, fast als wäre er beeindruckt. „Du hast wirklich gelernt."

Hanna zitterte vor Anspannung, aber sie ließ die Stange nicht sinken. „Ich habe gelernt, dass ich stärker bin, als du mich je haben wolltest."

Der Anführer nickte, als ob er diese Worte auf sich wirken ließ, und dann, in einer Bewegung, die Hanna nicht erwartet hatte, trat er zurück und ließ die Hände sinken. „Vielleicht hast du recht", murmelte er. „Vielleicht war das alles... notwendig."

„Nein", sagte Hanna kalt. „Nichts von dem, was du getan hast, war notwendig. Es war grausam und egoistisch. Und ich werde nicht mehr zulassen, dass du über mein Leben bestimmst."

Er lächelte traurig, fast resigniert, und drehte sich dann um, als würde er einfach gehen. Doch Hanna wusste, dass es nicht so einfach sein konnte. Und sie sollte recht behalten.

———————

PLÖTZLICH RISS ER EINE verborgene Waffe aus seinem Mantel – eine Pistole, die im schwachen Licht des Lagerhauses aufblitzte. Doch Hanna reagierte schneller. Ohne zu zögern, schwang sie die Eisenstange, und der dumpfe Klang des Aufpralls hallte durch den Raum. Die Waffe fiel ihm aus der Hand, rutschte über den Betonboden und kam klirrend zum Stillstand.

Der Anführer sackte zu Boden, seine Augen vor Schmerz geweitet, aber Hanna zögerte nicht. Sie trat die Waffe mit einem festen Tritt außer Reichweite und ließ die Eisenstange sinken.

„Das ist das Ende", sagte sie leise, und ihre Stimme war voller Entschlossenheit. „Nicht nur für dich, sondern auch für die Angst, die du in mein Leben gebracht hast."

Der Anführer sah zu ihr auf, sein Gesicht eine verzerrte Maske aus Schmerz und Hass. „Vielleicht hast du gewonnen, Hanna", murmelte er mit gebrochener Stimme. „Aber du wirst nie vergessen können."

Hanna nickte, und eine seltsame Ruhe legte sich über sie. „Das mag sein", sagte sie. „Aber ich werde lernen, damit zu leben. Ohne dich."

Kapitel 21: Die verborgene Agenda

―――

Max saß in seinem schäbigen, spärlich beleuchteten Büro, das immer noch von dem chaotischen Durcheinander der letzten Wochen zeugte. Zeitungen, Notizen und Ausdrucke bedeckten den Tisch und den Boden. Der Geruch von kaltem Kaffee hing in der Luft, und der nervöse Klick seiner Fingernägel auf der Holzplatte des Schreibtischs war das einzige Geräusch, das die drückende Stille durchbrach.

Vor ihm lag ein unscheinbarer, brauner Umschlag, den Benedikt ihm am Vorabend wortlos überreicht hatte. Benedikt hatte ihn nur mit einem vielsagenden Blick angesehen, bevor er in der Dunkelheit verschwand. "Ein kleines Geschenk", hatte er gesagt, aber Max wusste, dass es mehr war als das. Es war ein weiterer Schlüssel zu der Wahrheit – oder zu einer noch tieferen Lüge. Er zog die Papiere aus dem Umschlag und blätterte sie langsam durch. Alte, vergilbte Dokumente, handschriftliche Notizen und vertrauliche Berichte. Er ahnte, dass diese Dokumente die Art von Informationen enthielten, die Menschen in den Wahnsinn treiben konnten.

―――

MIT EINEM TIEFEN ATEMZUG begann er zu lesen. Es dauerte nicht lange, bis sich seine Stirn in tiefe Falten legte. Die Wörter schienen sich vor seinen Augen zu verzerren, als ob sie gegen seinen Verstand ankämpfen würden. Plötzlich wurde ihm klar, was er in den Händen hielt. Diese Dokumente enthüllten, was die Sekte wirklich plante – und es war weit mehr als nur eine esoterische Bewegung, die ein paar verlorene Seelen anlockte. Es war ein ausgeklügelter Plan, der in die tiefsten Ecken der Gesellschaft reichte: Einflussnahme auf die Medien, Unterwanderung politischer Institutionen und Kontrolle über Schlüsselpersonen in der Öffentlichkeit.

„Na großartig, ein Weltherrschaftsplan", murmelte Max und lehnte sich zurück, während er einen ironischen Blick auf die Papiere warf. Doch sein Zynismus wich schnell einem Knoten der Angst in seiner Magengrube. Es war beängstigend klar und methodisch – keine übertriebenen, verrückten Visionen, sondern systematisch geplante Schritte, die über Jahrzehnte entwickelt wurden. Dieser Plan war beunruhigend real.

Er blätterte weiter, fand Beweise für Treffen, Namen bekannter Journalisten, die verdeckt auf der Gehaltsliste der Sekte standen, und Strategien, wie man durch geschickte Medienkampagnen öffentliche Meinung manipulierte. Die Sekte nutzte subtile Nachrichten, um Ängste zu schüren, die dann durch scheinbar objektive Berichterstattung verstärkt wurden. Es war ein perfides Spiel, bei dem Wahrheit und Lüge ineinanderflossen, bis niemand mehr wusste, was real war und was nicht.

SEIN BLICK FIEL AUF einen besonders verstörenden Namen – Joachim Kaufmann. „Natürlich", dachte Max trocken. Der korrupte Politiker hatte also doch tiefere Verbindungen, als er zugeben wollte. Er hatte immer geahnt, dass Kaufmann mehr war als nur ein Unterstützer. Diese Dokumente bestätigten, dass Kaufmann einer der Schlüsselfiguren im Netzwerk der Sekte war. Max knirschte mit den Zähnen. Kaufmann war derjenige, der ihm mehrmals in die Quere gekommen war, ihn in den Medien diskreditiert hatte. Nun wusste er, warum.

Er rieb sich die Schläfen und versuchte, die Fülle an Informationen zu sortieren. Doch sein Kopf schwirrte. Plötzlich klopfte es leise an der Tür. Max' Blick zuckte in Richtung des unscheinbaren Holztürrahmens, und er spürte, wie sein Herzschlag sich beschleunigte. Es war Hanna. Ihre blauen Augen wirkten im schwachen Licht des Büros dunkel und ernst.

„Du siehst aus, als hättest du einen Geist gesehen", sagte sie leise, während sie den Raum betrat und die Tür hinter sich schloss. „Oder eher – als ob du gerade einem begegnet bist."

„Nein, schlimmer", erwiderte Max und hielt ihr den Stapel Dokumente hin. „Ich habe die Geister gefunden, die diese Stadt beherrschen."

Sie nahm die Papiere zögernd entgegen, und ihr Gesicht verzog sich, als sie die ersten Zeilen las. „Oh Gott... das ist... das ist Wahnsinn, Max. Du weißt, was das bedeutet, oder?"

„Ja, ich weiß genau, was das bedeutet", antwortete er und ließ sich schwer in den alten Bürostuhl sinken, der unter seinem Gewicht knarzte. „Das bedeutet, dass wir noch viel tiefer in der Scheiße stecken, als ich es jemals erwartet hätte."

———————

HANNA SCHÜTTELTE LANGSAM den Kopf und ließ die Dokumente auf den Tisch fallen. „Max, du musst aufhören. Das hier ist zu groß für dich. Es gibt Mächte, die..." Ihre Stimme brach ab, und sie sah ihn an, als ob sie das Gewicht seiner Sturheit zum ersten Mal wirklich spürte. „Du wirst dich selbst zerstören."

Max lachte leise, ohne dass es seine Augen erreichte. „Du kennst mich doch, Hanna. Wenn ich einmal Blut rieche, lasse ich nicht mehr los."

Sie starrte ihn an, und für einen Moment glaubte er, etwas wie Mitleid in ihren Augen zu sehen. Dann straffte sie sich und nahm einen der Zettel in die Hand. „Was wirst du jetzt tun? Diese Informationen alleine bringen uns nichts. Wir brauchen Beweise, Beweise, die die Öffentlichkeit überzeugt. Du weißt, dass die Medien unter ihrer Kontrolle stehen."

„Genau das ist das Problem", erwiderte Max mit einem bitteren Grinsen. „Wie veröffentlicht man die Wahrheit, wenn die Wahrheit gekauft wurde?"

„Vielleicht", sagte sie zögernd, „vielleicht gibt es jemanden, der uns helfen kann."

Max' Augenbrauen hoben sich skeptisch. „Und wen hast du da im Sinn?"

HANNA ZÖGERTE, BEVOR sie weitersprach. „Karl Wendel."

Max' Gesicht verfinsterte sich schlagartig. „Du willst, dass ich dem Mann vertraue, der mich vor ein paar Monaten noch fast zu Fall gebracht hätte?"

„Ja, genau dem", antwortete sie und hielt seinem finsteren Blick stand. „Er ist der Einzige, der genügend Einfluss und Kontakte hat, um uns zu helfen, das durchzubringen. Und – ich habe das Gefühl, dass auch er genug von dieser Sache hat."

„Ach, ein Sinneswandel? Wie praktisch", spottete Max und lehnte sich in seinem Stuhl zurück. Doch ein Teil von ihm wusste, dass Hanna recht hatte. Karl war ein Überlebenskünstler, und in einem Spiel wie diesem brauchte man manchmal einen solchen Spieler auf seiner Seite, selbst wenn er ein doppeltes Spiel spielte.

„Also gut", sagte er schließlich widerwillig. „Aber wenn er uns verrät, werde ich nicht zögern, ihn als erstes auffliegen zu lassen."

EIN PAAR STUNDEN SPÄTER saß Max in einem schäbigen Café im Zentrum Berlins und wartete. Es war der perfekte Ort für geheime Treffen: laut, überfüllt und anonym. Die Kellnerin warf ihm einen misstrauischen Blick zu, als er seinen vierten Espresso bestellte. Draußen ging der Regen in einen feinen Nieselregen über, und die Straßen schimmerten wie mit einem Schleier aus Spiegeln bedeckt.

Karl Wendel erschien pünktlich. Er war wie immer makellos gekleidet, seine Haare sorgfältig zurückgekämmt, seine Haltung arrogant und selbstsicher. Doch seine Augen, die Max' direkt fixierten, verrieten eine seltsame Unruhe.

„Na, Max", begann er mit einem schiefen Lächeln, „ich hätte nicht gedacht, dass wir uns so bald wiedersehen."

„Ach, ich bin auch nicht gerade begeistert", entgegnete Max kühl. „Aber es scheint, dass wir beide wissen, wann es Zeit ist, den Frieden zu begraben – zumindest vorübergehend."

Karl setzte sich, und Max legte den Umschlag mit den Dokumenten vor ihm auf den Tisch. Ohne ein weiteres Wort schob er ihn in Karls Richtung. Dieser öffnete ihn langsam, und während er die Inhalte durchlas, sah Max, wie die Farbe aus seinem Gesicht wich.

„Verdammt", flüsterte Karl schließlich und legte die Papiere zitternd zurück. „Das... das ist größer, als ich dachte."

„Tja", sagte Max und verschränkte die Arme. „Willkommen in meiner Welt." Er beugte sich vor, die Stimme fest und drohend. „Also, Karl. Bist du drin oder nicht?"

Ein langer Moment verging, in dem Karl ihn prüfend ansah. Dann nickte er langsam, seine Augen voller Entschlossenheit und einem Hauch von Angst. „Ja, ich bin dabei."

Max lehnte sich zurück und fühlte, wie das Gewicht der kommenden Schlacht auf seinen Schultern lastete. Die Allianz, die er gerade geschlossen hatte, war fragil und gefährlich, doch es gab keinen Weg zurück. Die Wahrheit musste ans Licht kommen – koste es, was es wolle.

Kapitel 22: Öffentliches Schachspiel

———

D ie Sonne stand tief am Berliner Himmel, als Max nervös durch die langen Flure des Konferenzzentrums eilte. Die morgendliche Stille hatte einer hektischen Betriebsamkeit Platz gemacht, als Journalisten, Delegierte und Kamerateams von internationalen Nachrichtensendern eintrafen. Für einen Moment blieb er stehen und sah aus dem Fenster. Die Stadt lag wie ein schlafendes Raubtier vor ihm, ruhig und doch voller versteckter Gefahren. Er spürte, wie der Druck in seiner Brust wuchs, und zwang sich, ruhig zu atmen.

„Zeit, den Vorhang zu lüften", sagte er zu sich selbst, ein kaltes Lächeln auf den Lippen. Hanna war neben ihm und musterte ihn skeptisch.

„Du siehst aus, als würdest du gleich zur Hinrichtung schreiten", bemerkte sie trocken und strich ihre blonde Haarsträhne hinter das Ohr. „Vielleicht solltest du noch einmal darüber nachdenken, das Ganze in aller Öffentlichkeit zu machen."

Max schüttelte entschieden den Kopf. „Zu spät, um sich zurückzuziehen. Ich habe die Beweise, und hier wird sich alles entscheiden." Sein Blick war entschlossen, doch Hanna konnte die Sorge in seinen Augen sehen. Sie wusste, dass dies mehr war als nur ein berufliches Risiko. Es ging um sein Leben – und ihres.

———

DER KONFERENZSAAL WAR in ein kühles, blaues Licht getaucht, das die Spannung im Raum zu verstärken schien. Auf der Bühne stand ein Rednerpult, flankiert von riesigen Bildschirmen, auf denen das Logo der Veranstaltung prangte. „Global Media & Truth" – ein ironischer Titel, wenn man bedachte, wie sehr die Medien bereits unterwandert waren.

„Bist du sicher, dass sie nicht schon davon wissen?", fragte Hanna leise, als sie gemeinsam durch den Saal gingen, um die letzten technischen Vorbereitungen zu treffen. Max nickte, auch wenn sein Blick unruhig zwischen den Anwesenden umherwanderte.

„Sie wissen, dass etwas im Gange ist", antwortete er schließlich. „Aber sie haben keine Ahnung, was ich wirklich in der Hand habe." Er zog einen USB-Stick aus seiner Tasche und hielt ihn in die Höhe. „Hier drauf ist alles. Die Dokumente, die Namen, die Beweise. Sobald ich das hier in den Laptop stecke und die Präsentation starte, gibt es kein Zurück mehr."

Hanna seufzte. „Und was, wenn sie uns stoppen, bevor du dazu kommst?"

Max zuckte mit den Schultern. „Dann werden wir es herausfinden. Auf die eine oder andere Weise."

―――――――――

WÄHREND SIE SPRACHEN, fiel Max' Blick auf eine bekannte Gestalt am Rande des Saals. Karl Wendel, ihr fragwürdiger Verbündeter, stand in einem dunklen Anzug am Rand des Raumes und unterhielt sich angeregt mit einem der Organisatoren. Max konnte die Spannung in Karls Haltung erkennen, selbst aus der Entfernung.

„Was macht er hier?", fragte Hanna scharf und folgte Max' Blick.

„Er spielt seine Rolle", antwortete Max knapp. „Zumindest hoffe ich das."

Plötzlich drehte Karl sich um und erwiderte Max' Blick. Für einen Moment schien die Zeit stillzustehen, und eine unausgesprochene

Botschaft wanderte zwischen ihnen hin und her. Karl nickte leicht, ein kaum merkliches Zeichen, und Max wusste, dass das Spiel nun ernst wurde.

———————

ALS DIE UHR AUF DEM Podium neun Uhr zeigte, setzte sich das Summen der Gespräche im Saal. Max stand bereits hinter dem Rednerpult, der USB-Stick steckte fest in seiner Hand, als wäre er ein Anker in einem stürmischen Meer. Die Lichter dimmten, und die ersten Worte der Konferenz schallten durch die Lautsprecher.

„Willkommen, meine Damen und Herren, zur internationalen Konferenz 'Global Media & Truth'. Wir freuen uns, einige der einflussreichsten Journalisten und Politiker der Welt hier begrüßen zu dürfen." Die Stimme des Moderators klang süffisant, und Max hatte Mühe, sich auf seine eigene Nervosität zu konzentrieren.

Als seine Präsentation angekündigt wurde, trat Max nach vorne, das Herz hämmerte ihm bis zum Hals. Er atmete tief durch, während er die erste Folie seiner Präsentation aufrief – eine harmlose Übersicht, die niemanden misstrauisch machen sollte. Doch die nächsten Folien würden die Bühne in ein Minenfeld verwandeln.

„In den letzten Monaten habe ich an einer Untersuchung gearbeitet, die sich mit der Manipulation von Medien durch verschiedene Interessensgruppen befasst", begann er, seine Stimme fest, obwohl sie in seinem Kopf zitterte. „Es ist an der Zeit, einige unangenehme Wahrheiten ans Licht zu bringen."

———————

WÄHREND MAX SPRACH, bemerkte er eine seltsame Unruhe im Publikum. Einige der Teilnehmer begannen, nervös miteinander zu flüstern, und er erkannte einige bekannte Gesichter – Politiker,

Journalisten, Vertreter von Nichtregierungsorganisationen. Einige davon standen auf den Listen, die er durch seine Recherchen aufgedeckt hatte. Plötzlich hörte er ein leises Geräusch in seinem Ohr – das Funkgerät, das er trug, knisterte.

„Max, hörst du mich?" Es war Karl. Seine Stimme klang drängend. „Sie haben uns durchschaut. Es sind Leute im Publikum, die uns gerade beobachten."

Max hielt kurz inne, tat aber so, als ob er sich nur kurz räusperte. „Was genau meinst du, Karl?" flüsterte er leise ins Mikrofon seines Funkgeräts, während er die nächste Folie aufrief, die einige unauffällige Statistiken zeigte.

„Drei Männer im Anzug, rechts von der Bühne, Reihe fünf. Sie arbeiten für Kaufmann. Sie werden nicht zulassen, dass du das hier beendest."

Ein kalter Schauer lief Max den Rücken hinunter, doch er zwang sich zu einem Lächeln. „Danke für die Information", antwortete er mit einer Kälte in der Stimme, die ihn selbst überraschte. „Ich werde das im Hinterkopf behalten."

DIE NÄCHSTE FOLIE ENTHÜLLTE den ersten Teil der Dokumente, die er veröffentlichen wollte – harmlose Emails, die jedoch bereits den Einfluss der Sekte auf gewisse Medienhäuser andeuteten. Doch in diesem Moment bemerkte Max eine Bewegung im Publikum. Einer der Männer, die Karl beschrieben hatte, stand auf und ging zum Ausgang. Kurz darauf folgten ihm die anderen beiden. „Sie sind auf dem Weg", flüsterte Karl durch das Funkgerät, und seine Stimme klang angespannt.

Hanna, die am Rand der Bühne stand, nickte Max kaum merklich zu. „Mach weiter", sagten ihre Augen, und Max wusste, dass es keinen anderen Ausweg gab.

„Und nun, meine Damen und Herren", sagte Max laut und steckte den USB-Stick in den Laptop, „kommen wir zu den wirklich interessanten Informationen." Er klickte auf den Ordner, der die heikelsten Beweise enthielt – und dann geschah es. Der Bildschirm flackerte kurz, und die Folien begannen, sich in einem chaotischen Durcheinander zu drehen.

„Verdammt!", zischte Max leise. Jemand versuchte, sich in seine Präsentation zu hacken. Seine Hände zitterten, als er versuchte, die Kontrolle über die Datei zurückzugewinnen. Im Publikum hörte er ein aufgeregtes Murmeln, das zu einem aufgebrachten Flüstern anschwoll.

PLÖTZLICH ERTÖNTE EINE laute Stimme von der Rückseite des Saals. „Das ist eine Schande!", rief Karl Wendel, während er aufstand und nach vorne schritt. „Es gibt Leute, die nicht wollen, dass die Wahrheit ans Licht kommt! Aber ich sage Ihnen – Sie können uns nicht aufhalten!" Er ging entschlossen auf Max zu und riss den USB-Stick aus dem Laptop.

„Karl, was zum Teufel machst du?!", rief Max, doch Karl schüttelte nur den Kopf.

„Vertrau mir", sagte er ruhig und schob Max zur Seite. Dann zog er einen eigenen USB-Stick aus seiner Jackentasche und steckte ihn ein. „Ich habe Sicherheitskopien gemacht. Sie werden uns nicht zum Schweigen bringen."

Der Bildschirm flackerte erneut, doch diesmal erschien die Präsentation in voller Klarheit. Die wichtigsten Dokumente, die Namen und Beweise, wurden auf der Leinwand angezeigt, während

Karl die Kontrolle übernahm und fortfuhr, die Informationen zu präsentieren.

Das Publikum war still, erstarrt von der plötzlich eskalierenden Situation. Max spürte, wie sein Herzschlag sich beruhigte und ein eisiges, kaltes Lächeln auf seine Lippen trat. Er wusste, dass das Spiel noch lange nicht vorbei war – aber für den Moment hatten sie die Oberhand gewonnen.

Kapitel 23: Masken fallen

———

Max' Schritte hallten in den langen, leeren Fluren des Konferenzzentrums wider. Es war spät in der Nacht, und die letzten Vorbereitungen für seine Enthüllung waren in vollem Gange. Die Luft im Gebäude war schwer, und er fühlte eine Anspannung, die wie ein unsichtbares Gewicht auf seinen Schultern lastete. Jede Ecke, jede noch so kleine Nische schien von Schatten bewohnt zu sein, die nur darauf warteten, ihn zu verschlingen. Der kommende Tag würde entscheidend sein – die Konferenz war seine letzte Chance, die Wahrheit öffentlich zu machen.

Er hatte kaum geschlafen, die Nächte damit verbracht, Daten zu sichern, Dokumente durchzugehen und mögliche Angriffspunkte für die Präsentation vorzubereiten. Doch in den letzten Stunden war etwas passiert, das ihn beunruhigte: Sein Laptop, auf dem sich die entscheidenden Beweise befanden, hatte plötzlich den Geist aufgegeben. Das Gerät, auf das er sich seit Wochen verlassen hatte, zeigte nur noch einen schwarzen Bildschirm.

———

„DAS KANN DOCH NICHT wahr sein!", fluchte Max und hämmerte verzweifelt auf die Tastatur. Der Bildschirm blieb dunkel. Seine Hände zitterten vor Anspannung, und er spürte, wie sein Magen sich verkrampfte. Es war klar, dass dies kein Zufall war. Irgendjemand hatte sich in sein System gehackt, seine Arbeit sabotiert – und er wusste genau, wer dafür verantwortlich sein könnte.

Er zog sein Handy hervor und wählte hektisch Hannas Nummer. Nach dem dritten Klingeln hob sie ab, ihre Stimme klang besorgt. „Max? Was ist los?"

„Jemand hat sich in meinen Laptop gehackt. Alles ist weg. Die Präsentation, die Dokumente – alles!"

Ein kurzes Schweigen am anderen Ende. „Bist du sicher?"

„Natürlich bin ich sicher!" Er rieb sich die Stirn und atmete tief durch. „Ich brauche dich hier, sofort. Wir müssen das irgendwie wiederherstellen."

„Ich bin unterwegs", sagte sie entschlossen und legte auf. Max sah auf seine Uhr – es war bereits nach Mitternacht. Es blieb nicht viel Zeit bis zur Konferenz, und die Nerven lagen blank.

ER WAR NOCH IMMER IN Gedanken versunken, als plötzlich Schritte den Flur entlang hallten. Er drehte sich um, und im schwachen Licht der Notbeleuchtung erkannte er eine vertraute Gestalt. Joachim Kaufmann. Der Mann, der wie eine Spinne im Netz dieser Intrigen saß, kam mit einem selbstgefälligen Lächeln auf ihn zu. Max spürte, wie Wut in ihm aufstieg, doch er zwang sich zur Ruhe.

„Max Stolz", sagte Kaufmann, als wäre er überrascht, ihn hier zu sehen. „Du siehst aus, als hättest du einen schlechten Tag."

„Schön, dass du mich daran erinnerst", knurrte Max und verschränkte die Arme vor der Brust. „Was machst du hier, Kaufmann? Ist es nicht etwas spät für einen Spaziergang?"

Kaufmann lachte leise, ein kühler, berechnender Laut, der in der Dunkelheit widerhallte. „Oh, ich bin nur gekommen, um sicherzugehen, dass du nicht etwas tust, was du später bereuen könntest."

Max' Blick verengte sich. „So wie du es bereuen wirst, dass du dich mit der falschen Seite eingelassen hast?"

Kaufmanns Lächeln verschwand nicht. Er kam näher, bis er nur noch einen Schritt von Max entfernt stand. „Du hättest einfach schweigen sollen", sagte er leise, fast bedauernd. „Niemand hätte dir Vorwürfe gemacht, wenn du einfach... verschwunden wärst."

Max schnaubte verächtlich. „Und du hättest ehrlicher sein können, anstatt wie ein Wurm im Dreck zu wühlen."

Ein funkelndes Glitzern trat in Kaufmanns Augen, und sein Lächeln wurde breiter. „Ich glaube, wir haben beide unser Talent dafür, die richtigen Lügen zur richtigen Zeit zu erzählen."

———————

KAUFMANN ZOG EIN KLEINES silbernes Gerät aus seiner Tasche – ein externer Speicher. „Ich habe Informationen, die du brauchen könntest", sagte er leise und hielt es Max vor die Nase. „Ein Austausch, Max. Ich gebe dir das hier, und du vergisst diese ganze Sache. Es wäre besser für dich – und für die Menschen, die dir wichtig sind."

Maxs Hände ballten sich zu Fäusten. Der Gedanke, diesen verdammten Mann mit einem Schlag zum Schweigen zu bringen, war verlockend. Doch er wusste, dass Gewalt nicht die Antwort war. Stattdessen zog er sich einen Schritt zurück, seine Augen fest auf das Gerät gerichtet.

„Du glaubst, ich lasse mich kaufen?", fragte er, seine Stimme vor kalter Wut bebend.

„Kaufen? Nein", antwortete Kaufmann ruhig. „Ich biete dir nur einen Ausweg an. Einen Weg, wie du dich aus diesem Chaos retten kannst. Du hast keine Ahnung, mit welchen Kräften du es hier zu tun hast."

„Vielleicht nicht", sagte Max leise. „Aber ich weiß, dass du einer von ihnen bist. Und ich werde nicht aufhören, bis alle Masken gefallen sind."

Kaufmanns Gesicht verdüsterte sich, doch er behielt seine Fassung. „Ich gebe dir eine letzte Warnung, Max. Wenn du weitermachst, wirst du alles verlieren. Das verspreche ich dir."

Max sah ihm in die Augen und fühlte eine unerwartete Ruhe. „Und ich verspreche dir, dass ich weitergehen werde. Bis zum bitteren Ende."

KAUM WAR KAUFMANN GEGANGEN, kam Hanna außer Atem den Flur entlanggelaufen. „Ich habe eine Sicherungskopie dabei", keuchte sie, als sie ihn erreichte. „Aber wir müssen den Laptop irgendwie zum Laufen bringen."

Max nickte und deutete auf das Technikbüro am Ende des Flurs. „Wir haben noch ein paar Stunden, bis die ersten Techniker kommen. Wir müssen das System neu aufsetzen und die Präsentation wiederherstellen."

Sie setzten sich an die Arbeit, während draußen die ersten Anzeichen des Morgens durch die Fenster drangen. Es war ein Wettlauf gegen die Zeit, und jeder Klick auf der Tastatur fühlte sich an wie ein Kampf gegen eine unsichtbare Macht, die versuchte, ihre Arbeit zu untergraben. Sie schafften es gerade noch rechtzeitig, das System wieder ans Laufen zu bringen, und Max spürte, wie eine Welle der Erleichterung durch ihn ging.

Doch dann, als sie gerade die Präsentation auf dem Bildschirm überprüften, öffnete sich die Tür zum Büro abrupt. Ein Mann in einem dunklen Anzug, den Max noch nie gesehen hatte, trat ein. Seine Augen waren kalt und leer, und ohne ein Wort zu sagen, hob er die Hand und hielt ein Dokument hoch. Es war ein rechtlicher Durchsuchungsbefehl.

„Was zur Hölle...", begann Max, doch der Mann schnitt ihm das Wort ab.

„Im Namen der Bundesanwaltschaft. Ich muss Sie bitten, alle Ihre Unterlagen und Geräte sofort abzugeben."

Hanna erstarrte. Max war einen Moment sprachlos, dann explodierte er. „Das ist ein schlechter Scherz! Wir sind Journalisten, wir haben das Recht, Informationen zu schützen!"

Der Mann zuckte nur mit den Schultern. „Nicht, wenn es um nationale Sicherheit geht", sagte er kühl und griff nach dem Laptop. Max wollte ihn zurückhalten, doch Hanna legte ihm eine Hand auf die Schulter.

„Lass es, Max", sagte sie leise. „Wir können es uns jetzt nicht leisten, einen Fehler zu machen."

Max' Herz raste, und er sah, wie die Präsentation, an der sie so hart gearbeitet hatten, vom Bildschirm verschwand. Sein letzter Ausweg, die einzige Chance, die Wahrheit zu enthüllen, wurde ihm gerade unter den Händen entrissen.

SIE STANDEN DA, IM leeren Büro, als die Männer gingen. Max fühlte sich wie ein Tier in einer Falle. Alles, wofür er gekämpft hatte, schien innerhalb weniger Minuten zusammenzubrechen. Er spürte Hannas Hand, die seine zitternde Faust umschloss.

„Das war's noch nicht", sagte sie bestimmt. „Wir haben immer einen Plan B."

Max sah sie an, ein Funken Hoffnung in seinen Augen. „Was hast du vor?"

Hanna lächelte schief. „Ich habe eine Kopie der Präsentation auf einem sicheren Server hochgeladen. Sie dachten, sie hätten uns ausgeschaltet, aber sie irren sich."

Max spürte, wie sich seine Brust weite. „Dann bleibt nur eine Frage – wie kommen wir an die Öffentlichkeit, ohne dass sie uns erneut stoppen?"

Hanna nickte ernst. „Wir müssen zu den alternativen Medien gehen. Zu denen, die nicht unter ihrer Kontrolle stehen. Das ist unsere einzige Chance."

Max wusste, dass sie recht hatte. Der Kampf war noch nicht vorbei – er hatte gerade erst begonnen. Sie würden die Wahrheit enthüllen, auf welche Weise auch immer. Und er wusste, dass die Masken bald fallen würden – alle Masken, auch die, die er selbst so lange getragen hatte.

Kapitel 24: Der tiefe Fall

Der Regen prasselte unaufhörlich gegen die Fensterscheiben, als Max im kleinen, dunklen Raum saß, der ihn wie ein Gefängnis umgab. Der Verhörraum war kahl, die Wände schienen das Echo seiner eigenen Gedanken zu verstärken. Er hatte schon einmal in einem solchen Raum gesessen – aber damals war er derjenige, der die Fragen stellte. Jetzt war er der Verdächtige. Und die Luft roch nach kaltem Zigarettenrauch und Verzweiflung.

Die Tür öffnete sich, und ein Mann in einem schlecht sitzenden Anzug trat ein. Er wirkte müde, sein Gesicht von tiefen Falten durchzogen, und in seiner Hand hielt er eine dünne Mappe. Max konnte den Titel der Akte erkennen: „Maximilian Stolz – Verdacht auf Verschwörung und Datendiebstahl". Er unterdrückte ein bitteres Lächeln. „Immerhin bin ich jetzt berühmt", dachte er und setzte eine spöttische Miene auf.

„Sie wissen, warum Sie hier sind, Herr Stolz", begann der Beamte trocken, während er sich ihm gegenüber setzte. „Die Beweise gegen Sie sind erdrückend."

Max lehnte sich zurück und verschränkte die Arme vor der Brust. „Oh, wirklich? Und welche Beweise könnten das wohl sein? Vielleicht die, die Ihre Freunde so freundlich manipuliert haben?"

Der Beamte zögerte, als sei er auf diesen Sarkasmus vorbereitet gewesen, dann schüttelte er den Kopf. „Sie haben sich mit den falschen Leuten angelegt, Stolz. Und jetzt stehen Sie im Mittelpunkt eines nationalen Skandals. Es gibt klare Hinweise darauf, dass Sie in illegale Aktivitäten verwickelt sind. Die Medien – und die Öffentlichkeit – wollen Antworten."

Max lachte trocken. „Klar. Was wären wir nur ohne unsere gute alte Pressefreiheit?"

DER BEAMTE ÖFFNETE die Mappe und zog ein paar Fotos hervor. „Diese Bilder zeigen Sie mit einer bekannten Aktivistin, die kürzlich verschwunden ist. Sie war anscheinend im Besitz wichtiger Informationen – Informationen, die jetzt fehlen. Können Sie das erklären?"

Max sah auf die Bilder, und sein Herz setzte einen Schlag aus. Sie zeigten ihn und Hanna bei einem Treffen, Wochen bevor die Konferenz begann. Er erinnerte sich gut an den Tag, als sie sich in einem abgelegenen Café getroffen hatten, um ihre Pläne zu besprechen. Jetzt, unter den veränderten Umständen, sah es aus wie eine geheime Abmachung. „Das sind keine Beweise", sagte er ruhig. „Das ist ein inszenierter Mist, und das wissen Sie."

Der Beamte zuckte mit den Schultern. „Es reicht aus, um Sie festzuhalten und eine öffentliche Anklage zu erheben. Die Medien stürzen sich bereits auf die Geschichte."

Max' Gedanken rasten. Jemand hatte ihm eine Falle gestellt, eine perfekt inszenierte Falle. Die Sekte wusste, dass der beste Weg, ihn zu brechen, darin bestand, seine Glaubwürdigkeit zu zerstören. „Und was noch? Werde ich auch des Mordes beschuldigt, weil ich in derselben Stadt wie das Opfer gelebt habe?"

„Ihre Ironie wird Ihnen hier nicht helfen", entgegnete der Beamte kalt. „Die Wahrheit ist, dass Sie genau da gelandet sind, wo Sie nicht sein wollten: im Zentrum eines Verbrechens, das die öffentliche Aufmerksamkeit erregt."

ES VERGINGEN WEITERE Stunden, bevor Max schließlich aus dem Verhörraum entlassen wurde. Draußen erwartete ihn ein Ansturm von Reportern, Kameras und Blitzlichtern. Die schrillen Fragen der Journalisten vermischten sich zu einem unverständlichen Chor. „Herr Stolz, sind die Vorwürfe wahr?" – „Was sagen Sie zu den Anschuldigungen?" – „Glauben Sie, dass Sie unschuldig sind?"

Er musste sich durch das menschliche Chaos kämpfen, seine Augen waren schmal zusammengekniffen, und seine Hände zitterten vor Wut. Eine Kamera kam ihm bedrohlich nahe, und er hätte fast die Kontrolle verloren, als Hanna plötzlich neben ihm auftauchte und ihn sanft am Arm packte.

„Max, wir müssen hier weg", flüsterte sie drängend und zog ihn durch die Menge. Es dauerte eine gefühlte Ewigkeit, bis sie endlich den rettenden schwarzen Wagen erreichten, der am Straßenrand wartete. Hanna stieß die Tür auf, und Max ließ sich auf den Beifahrersitz fallen. Der Wagen setzte sich sofort in Bewegung, und Max spürte, wie sich die Spannung langsam löste.

„Immerhin bin ich jetzt berühmt", sagte er ironisch und rieb sich erschöpft die Stirn. „Oder besser gesagt: berüchtigt."

Hanna sah ihn besorgt an. „Das ist kein Scherz, Max. Sie wollen dich vernichten. Das hier ist größer, als wir dachten."

„Ich weiß", antwortete er leise. „Aber wir können das Spiel noch gewinnen."

———————

IN DEN NÄCHSTEN TAGEN wurde Max zur Zielscheibe der Medien. Sein Gesicht prangte auf den Titelseiten der größten Zeitungen, begleitet von Schlagzeilen, die ihn als Verräter und Kriminellen brandmarkten. Jede Nachrichtensendung, jede Talkshow behandelte den Fall, und die öffentliche Meinung schwenkte gegen ihn. Es schien, als hätten seine Gegner ihre Züge perfekt geplant. Die Anschuldigungen wucherten wie eine Krankheit durch die Medienlandschaft, und Max spürte, wie die Welt um ihn herum einstürzte.

Hanna und er hatten sich in ein kleines, heruntergekommenes Hotelzimmer zurückgezogen, weit weg von den Kameras und Mikrofonen. Dort saßen sie bei heruntergelassenen Jalousien und leeren Kaffeetassen, während draußen die Stadt tobte.

„Es ist vorbei, Max", sagte Hanna schließlich und brach die angespannte Stille. „Wir können das nicht mehr kontrollieren."

Max schwieg einen Moment, dann schüttelte er den Kopf. „Noch nicht. Ich habe etwas in der Hinterhand."

Hanna runzelte die Stirn. „Was meinst du damit?"

„Ich habe eine Kopie der wirklich brisanten Dokumente versteckt. Sie sind verschlüsselt und auf einem Server, den niemand so leicht findet. Wenn ich die Wahrheit enthüllen will, dann mit einem großen Knall – und genau das werde ich tun."

Hannas Augen weiteten sich. „Das ist Wahnsinn, Max. Wenn du das tust, wirst du nicht nur dich, sondern auch mich und alle anderen in Gefahr bringen."

„Es gibt keinen anderen Weg", sagte er ruhig. „Sie haben mein Leben zerstört. Jetzt ist es Zeit, zurückzuschlagen."

DER PLAN WAR EINFACH – und zugleich wahnsinnig gefährlich. Max würde den Medien und der Öffentlichkeit eine letzte, ultimative Karte spielen. Die Dokumente, die er besaß, enthielten detaillierte

Informationen über die Machenschaften der Sekte, ihre Verstrickungen in Politik und Wirtschaft und die Namen aller Schlüsselpersonen. Doch um sie zu enthüllen, musste er sich selbst in die Schusslinie stellen.

Es war zwei Uhr morgens, als er seine letzte Nachricht an einen vertraulichen Kontakt bei einem alternativen Nachrichtenportal schickte. Es war seine einzige Hoffnung, dass jemand seine Geschichte aufnahm und verbreitete. Danach blieb nichts mehr zu tun, als zu warten.

„Hoffentlich war das keine dumme Idee", sagte Hanna nervös, als sie Max beobachtete, wie er die Nachricht abschickte.

„Ich habe nichts mehr zu verlieren", sagte er düster. „Und du auch nicht."

Hanna schwieg, ihre Augen starrten ins Leere, während draußen die Dunkelheit über die Stadt zog. Sie wussten beide, dass sie in den kommenden Stunden entscheiden würden, ob ihre Geschichte ein Ende oder einen Neuanfang finden würde.

———————

AM NÄCHSTEN MORGEN schlugen die Nachrichten wie eine Bombe ein. Überall waren Berichte über einen neuen, mysteriösen Leak zu sehen – brisante Informationen, die die höchsten Kreise erschütterten. Die Anschuldigungen gegen Max wurden plötzlich in Frage gestellt, und es gab erste Hinweise darauf, dass die Vorwürfe manipuliert worden waren. Die Namen der Beteiligten, die er veröffentlicht hatte, begannen, sich zu verteidigen, und die Medienlandschaft geriet in Aufruhr.

Doch Max war nicht bereit, sich zurückzulehnen. Er wusste, dass die Wahrheit nicht einfach ans Licht kommen würde. Und während er und

Hanna ihr nächstes Versteck vorbereiteten, wussten sie, dass das Spiel noch lange nicht vorbei war. Aber sie hatten es geschafft, das Blatt zu wenden – zumindest für einen Moment.

„Immerhin bin ich jetzt wirklich berühmt", sagte Max und lächelte zum ersten Mal seit Tagen aufrichtig. „Die Frage ist nur, wie lange noch."

Kapitel 25: Bündnisse im Dunkeln

———

Max saß in einem düsteren, verlassenen Lagerhaus am Rande Berlins, wo der Geruch von abgestandenem Wasser und Staub die Luft erfüllte. Der Ort war still, bis auf das gelegentliche Tropfen von Wasser aus einem undichten Rohr, das monoton in eine Pfütze fiel. Die Kälte drang durch seine Jacke, und er spürte die Müdigkeit, die sich wie eine bleierne Decke über seine Schultern legte. Hanna saß ihm gegenüber und starrte auf ihren Laptop, dessen Bildschirm ein sanftes blaues Licht auf ihr besorgtes Gesicht warf.

Sie waren am Ende ihrer Kräfte, doch sie hatten keine Wahl – sie mussten weitermachen. Gerade als Max den Kopf in die Hände legen wollte, knarrte die schwere Eisentür des Lagers, und eine vertraute Gestalt trat ein: Karl Wendel. Er bewegte sich wie ein Schatten, und sein selbstgefälliges Grinsen, das Max so verabscheute, schien heller zu leuchten als das karge Licht, das durch die schmutzigen Fenster drang.

„Drittes Mal ist das Glück?", fragte Max, seine Stimme triefte vor Misstrauen, während er sich gegen die kalte Wand lehnte. „Oder bist du nur gekommen, um uns diesmal endgültig ans Messer zu liefern?"

Karl blieb stehen, das Grinsen wurde schmaler. „Oh Max, du machst es mir wirklich schwer, mich dir als Freund anzubieten."

„Freund?", spottete Hanna und sah nicht von ihrem Bildschirm auf. „Das letzte Mal, als du uns geholfen hast, endete es fast in einer Katastrophe."

Karl zuckte die Schultern und trat näher. „Na ja, wie man so schön sagt: Wer nichts riskiert, gewinnt auch nichts."

MAX FIXIERTE KARL MIT einem harten Blick. „Warum bist du wirklich hier, Karl? Und erwarte keine herzliche Begrüßung."

Karl hielt inne, als überlege er einen Moment lang, dann zog er einen Stuhl heran und setzte sich, als ob er zu einem gemütlichen Plausch käme. „Ich habe gehört, dass du einen Plan brauchst", begann er ruhig. „Und ich dachte, du könntest jemanden gebrauchen, der weiß, wie man die richtigen Hebel drückt."

„Die richtigen Hebel?", wiederholte Max sarkastisch. „Du meinst, die Hebel, die du jahrelang für deine eigenen Zwecke missbraucht hast?"

Karl lachte leise. „Vielleicht. Aber wenn du wirklich die wahren Schuldigen entlarven willst, brauchst du jemanden, der die Regeln dieses Spiels kennt."

Max spürte die Zwickmühle, in der er sich befand. Er wusste, dass Karl mit seinen Kontakten und seinem Wissen eine entscheidende Rolle spielen konnte. Aber er wusste auch, dass er ihm nicht trauen konnte – zumindest nicht vollkommen. „Und was willst du im Gegenzug?", fragte er schließlich. „Ich glaube kaum, dass du aus reinem Altruismus hier bist."

„Das ist richtig", antwortete Karl mit einem schiefen Lächeln. „Ich möchte meinen Namen reinwaschen. Ich habe genug davon, mich im Schatten dieser Leute zu verstecken. Und ich will, dass du mir hilfst."

„Ach, wie rührend", murmelte Hanna, ohne aufzusehen. „Ein neuer Anfang für den Meister der Intrigen."

Karl ignorierte sie und wandte sich wieder Max zu. „Also, was sagst du? Werden wir uns verbünden?"

Max hielt einen Moment inne, sein Gesicht eine Maske aus stummer Überlegung. Dann streckte er langsam die Hand aus. „In Ordnung", sagte er. „Aber ein Fehler, Karl. Ein verdammter Fehler – und ich mache dich für alles verantwortlich."

Karl schüttelte die ausgestreckte Hand mit einem Lächeln, das fast wie Erleichterung aussah. „Oh, das würde ich nicht anders erwarten, Max."

———

IN DEN FOLGENDEN STUNDEN schmiedeten sie einen Plan, während das Licht des frühen Morgens langsam durch die schmutzigen Fenster kroch. Karl legte die Karten auf den Tisch und enthüllte Informationen, die Max und Hanna schockierten. Es gab eine zentrale Gruppe innerhalb der Sekte – ein innerer Kreis, der das eigentliche Machtzentrum bildete. Diese Gruppe hatte die Medien, die Politik und sogar Teile der Wirtschaft infiltriert. Kaufmann, so stellte sich heraus, war nur ein kleiner Teil des Spiels – eine Marionette, deren Fäden von den wirklichen Drahtziehern gezogen wurden.

„Du hast also die Namen?", fragte Max und sah Karl misstrauisch an.

„Ja", bestätigte Karl. „Ich habe sie auf eine Festplatte kopiert, die niemand je gefunden hat. Diese Namen sind der Schlüssel – und wenn wir sie veröffentlichen, wird das Netz der Sekte zu Staub zerfallen."

Hanna sah von ihrem Laptop auf und runzelte die Stirn. „Das klingt zu einfach. Was, wenn sie uns auf halbem Weg stoppen?"

Karl nickte zustimmend. „Das ist das Risiko. Wir müssen vorsichtig vorgehen. Wenn sie auch nur ahnen, dass wir einen Schritt voraus sind, werden sie uns vernichten. Deshalb brauchen wir ein Ablenkungsmanöver – etwas, das ihre Aufmerksamkeit ablenkt, während wir die wirklichen Beweise veröffentlichen."

„Ein Ablenkungsmanöver?", fragte Max und hob eine Augenbraue. „Du meinst, wir sollen ihnen ein falsches Ziel präsentieren?"

„Genau das", sagte Karl. „Etwas, das sie glauben lässt, sie hätten gewonnen, während wir die wirklichen Informationen sicher an die Öffentlichkeit bringen."

DIE TAGE VERGINGEN in einem unruhigen Schwebezustand. Max spürte, wie sich das Netz um sie herum immer enger zog. Jeder Schritt musste genau geplant werden, jedes Telefonat, jede Nachricht könnte überwacht werden. Sie wussten, dass die Sekte misstrauisch wurde, aber genau das war Teil des Plans. Die Ablenkung musste perfekt sein – ein riskanter, aber notwendiger Tanz auf dem Drahtseil.

Am Tag der entscheidenden Enthüllung trafen sie sich in einem verlassenen Bürogebäude, das seit Jahren leer stand. Karl hatte dort eine alte technische Einrichtung aufgetrieben, die sie für ihre Zwecke nutzten. Max beobachtete ihn genau, während Karl die Festplatte an einen Laptop anschloss und die Informationen auf mehrere sichere Server hochlud.

„Bist du sicher, dass das funktionieren wird?", fragte Hanna, ihre Stimme angespannt.

„Wenn es nicht funktioniert, werden wir es sehr schnell erfahren", antwortete Karl trocken und gab ein letztes Passwort ein.

Max spürte, wie die Anspannung in ihm wuchs. „Und was ist, wenn du uns betrügst, Karl? Was, wenn du uns wieder reinlegst?"

Karl hielt inne, sein Gesicht ausdruckslos. „Dann hoffe ich, dass du besser aufpasst als letztes Mal."

PLÖTZLICH BEGANN DER Laptop, die Dateien auf die Server zu übertragen. Ein Countdown erschien auf dem Bildschirm, und sie wussten, dass sie nur noch Minuten hatten, bevor die Informationen öffentlich zugänglich wären. Gleichzeitig tauchten die ersten Nachrichten über einen Skandal auf, der Max betraf – die falsche Ablenkung, die sie inszeniert hatten, um die Aufmerksamkeit der Sekte abzulenken.

„Sie beißen an", sagte Hanna leise, als sie die ersten Nachrichtenmeldungen auf ihrem Handy verfolgte. „Sie glauben, dass sie dich endgültig vernichtet haben."

Max lachte, und es klang hohl in der Stille des Raumes. „Dann wird es umso schöner sein, wenn sie merken, dass sie verloren haben."

Der Countdown erreichte Null, und ein leises Klicken ertönte aus dem Laptop. Die Dateien waren veröffentlicht, der Plan war geglückt. Max lehnte sich zurück, seine Hände zitterten, doch ein triumphierendes Lächeln breitete sich auf seinem Gesicht aus. Es war vorbei – oder besser gesagt, es hatte gerade erst begonnen.

„Du hast es geschafft, Max", sagte Karl, seine Stimme leise und ernst. „Wir haben es geschafft."

Max sah ihn an, und für einen Moment schien es, als sei alles vergeben, was zwischen ihnen gestanden hatte. Doch dann erinnerte er sich daran, dass sie sich immer noch in einem Spiel voller Masken und Lügen befanden. „Noch ist nichts vorbei, Karl", sagte er und stand langsam auf. „Jetzt kommt die wahre Herausforderung."

Kapitel 26: Spiel mit dem Feuer

Die Luft im Raum war stickig, und ein elektrisches Summen erfüllte die Stille. Max saß mit versteinerter Miene vor dem Bildschirm, die Augen weit aufgerissen. Neben ihm hielt Hanna eine Hand vor den Mund, ihre Finger zitterten. Karl stand am Fenster und starrte in die Dunkelheit, seine Hände in den Taschen vergraben. Keiner von ihnen sprach ein Wort, während die Informationen, die sie gerade entdeckt hatten, wie ein giftiger Nebel durch den Raum schwebten.

Ein geheimer Bericht, den sie von einem Informanten innerhalb der Sekte erhalten hatten, lag vor ihnen auf dem Tisch. Darin war detailliert beschrieben, wie ein geplanter Bio-Angriff auf Berlin ablaufen sollte. Eine Anschlagsserie, die alles verändern könnte. Max fühlte, wie ihm das Blut in den Adern gefror.

„Sie haben den Verstand verloren", flüsterte Hanna schließlich, ihre Stimme kaum mehr als ein ersticktes Keuchen. „Das... das ist Wahnsinn."

„Nicht nur Wahnsinn", sagte Karl ruhig, ohne sich umzudrehen. „Es ist Kalkül. Sie wollen ein Exempel statuieren, die Macht ihrer Kontrolle demonstrieren. Wenn das hier durchgeht, gibt es kein Zurück mehr."

Max zwang sich, tief durchzuatmen. „Wir müssen es stoppen", sagte er schließlich. „Egal wie. Aber zuerst müssen wir herausfinden, wann und wo."

SIE SASSEN DIE GANZE Nacht über den Dokumenten, durchforsteten Nachrichten, Memos und geheime Notizen, die sie in den letzten Wochen gesammelt hatten. Alles deutete darauf hin, dass der Anschlag innerhalb der nächsten Tage geplant war, doch das genaue Datum und der Ort blieben unklar. Es war, als hätte die Sekte ihre Informationen gezielt verstreut, um jeden Versuch zu vereiteln, ihre Pläne zu durchkreuzen.

„Sie sind cleverer, als ich dachte", murmelte Karl, während er sich durch eine Liste von Verschlüsselungscodes arbeitete. „Sie haben sich gut abgesichert."

„Ja, das tun Verrückte meistens", sagte Max trocken und rieb sich übermüdet die Augen. „Aber jeder Fehler kann genutzt werden. Wir müssen nur den einen Riss in ihrer Fassade finden."

Hanna sah auf, ihre Augen glänzten vor Müdigkeit, aber auch vor Entschlossenheit. „Wir haben nur noch wenig Zeit, Max. Wenn wir nichts finden, werden sie zuschlagen, und niemand wird es rechtzeitig verhindern können."

„Ich weiß", antwortete er düster und zwang sich, weiterzumachen. „Aber wenn wir diese Stadt retten wollen, haben wir keine andere Wahl."

———————

IN DEN NÄCHSTEN TAGEN entwickelte sich die Situation zu einem Albtraum. Jede Stunde, die verstrich, erhöhte den Druck, und Max spürte, wie sich die Angst wie ein eiserner Ring um seine Brust zog. Sie vergruben sich in Dokumenten, führten riskante Gespräche mit Informanten und hackten sich in Systeme, die sie besser unberührt gelassen hätten. Jede Spur, die sie fanden, schien ins Nichts zu führen, als ob die Sekte ihnen stets einen Schritt voraus war.

Schließlich, in einem verzweifelten Versuch, etwas zu finden, hackte sich Karl in eine verschlüsselte Datei, die von einem anonymen Absender an einen hochrangigen Sektenführer gesendet worden war. Es war ein brutaler Akt, der ihre Spuren unweigerlich offenlegte, aber sie hatten keine Wahl.

„Da ist es", sagte Karl mit einem triumphierenden Funkeln in den Augen, als er den Code knackte. „Der Tag des Anschlags – sie haben ihn mit einem codierten Kalender synchronisiert."

Max beugte sich vor, sein Atem beschleunigte sich. „Und wo?"

Karl zeigte auf eine Adresse am Rand der Stadt – ein verlassenes Industriegebiet, ideal für einen diskreten Angriff. Max schloss kurz die Augen. „Verdammt, das ist näher, als ich dachte. Wir haben weniger Zeit, als wir dachten."

„WIR KÖNNEN DAS NICHT alleine machen", sagte Hanna, ihre Stimme fest, obwohl ihre Hände zitterten. „Wir brauchen Hilfe, und zwar die richtige."

Max nickte. „Ich weiß. Aber nach allem, was passiert ist, gibt es niemanden, dem wir trauen können."

Karl räusperte sich und trat vom Bildschirm zurück. „Ich habe da eine Idee", sagte er langsam, als ob er seine Worte abwog. „Es gibt jemanden, der noch tiefere Verbindungen hat als ich. Jemand, der sich seit Jahren in der Unterwelt bewegt und weiß, wie diese Leute denken."

Max runzelte die Stirn. „Du sprichst von deinem alten Kontakt, oder? Dem, der dir aus der Patsche geholfen hat, als du auf der Flucht warst."

„Genau der", bestätigte Karl. „Er hat immer noch die Kontakte. Und er schuldet mir noch einen Gefallen."

Hanna schüttelte den Kopf. „Das ist verrückt. Wir vertrauen einem Verbrecher, um einen noch größeren Verbrecher zu stoppen?"

„Genau", sagte Max kalt. „Das ist das Spiel, Hanna. Und wir haben keine andere Wahl."

ES WAR KURZ NACH MITTERNACHT, als sie sich in einer verfallenen U-Bahn-Station tief unter der Stadt trafen. Der modrige Geruch von abgestandenem Wasser und rostigem Metall hing in der Luft. Eine einsame Neonröhre flackerte über ihren Köpfen, als ein Mann im dunklen Mantel aus den Schatten trat. Sein Gesicht war von tiefen Falten durchzogen, und seine Augen funkelten misstrauisch.

„Also, Wendel", begann der Mann, seine Stimme ein raues Flüstern. „Was willst du von mir?"

„Informationen", sagte Karl und trat einen Schritt vor. „Wir wissen, dass die Sekte einen Anschlag plant. Ich brauche deine Kontakte, um herauszufinden, wie weit sie wirklich sind."

Der Mann musterte Karl und dann Max und Hanna. „Ihr seid also die, die für das Chaos verantwortlich sind, das in den letzten Wochen die Stadt erfasst hat. Mutig – oder dumm."

„Wahrscheinlich beides", entgegnete Max und trat einen Schritt näher. „Aber das hier ist größer als alles, was wir je gemacht haben. Und wenn wir scheitern, wird es nicht nur uns betreffen."

Der Mann nickte langsam, als würde er ihre Entschlossenheit abwägen. „In Ordnung", sagte er schließlich. „Ich gebe euch die Informationen. Aber das wird nicht billig."

„Das ist egal", sagte Karl. „Was auch immer es kostet – wir zahlen."

DIE INFORMATIONEN, die sie erhielten, waren erschreckend genau. Sie erfuhren, dass der Angriff mit einem speziell entwickelten Virus durchgeführt werden sollte, das gezielt in das Wassersystem Berlins eingeschleust werden würde. Ein Virus, der entwickelt worden war, um sich schnell auszubreiten und Panik zu verursachen, bevor die Stadt reagieren konnte.

„Das ist Wahnsinn", flüsterte Hanna, als sie den Bericht las. „Das können sie nicht wirklich vorhaben..."

„Doch", sagte Max düster. „Und sie werden es tun, wenn wir sie nicht aufhalten. Wir haben nur noch zwei Tage."

Es folgte ein Wettlauf gegen die Zeit, in dem sie Kontakte aktivierten, Druck ausübten und riskante Manöver durchführten, um die Pläne der Sekte zu vereiteln. Doch der Feind war gut vorbereitet, und jede Aktion von ihnen wurde sofort mit einem Gegenangriff beantwortet. Es war ein Schachspiel auf Leben und Tod, bei dem jeder Zug den Unterschied zwischen Sieg und Untergang bedeuten konnte.

AM ABEND VOR DEM GEPLANTEN Angriff standen Max, Hanna und Karl am Rand des alten Industriegebiets, wo der letzte Akt stattfinden sollte. Ein kühler Wind fegte über die leeren Gebäude, und der Himmel war von schweren, dunklen Wolken bedeckt.

„Das ist es", sagte Max leise, seine Stimme kaum mehr als ein Flüstern im Wind. „Der letzte Zug."

„Sie werden uns erwarten", warnte Karl. „Das ist eine Falle – und wir gehen direkt hinein."

„Genau deshalb werden wir gewinnen", sagte Max und sah seinen alten Feind mit festem Blick an. „Weil sie denken, dass wir nichts mehr zu verlieren haben."

Hanna legte ihm die Hand auf die Schulter. „Sei vorsichtig, Max. Egal, was passiert."

Er nickte und atmete tief durch. Dann traten sie vor, die Dunkelheit verschlang ihre Silhouetten, während sie sich auf den Ort zubewegten, an dem alles entschieden werden würde – im Spiel mit dem Feuer.

Kapitel 27: Jagd durch die Nacht

———

D er Regen fiel in dichten Schleiern, als Max, Hanna und Karl durch die dunklen Gassen Berlins hetzten. Ihre Schritte hallten auf dem nassen Asphalt wider, während das ferne Rauschen der Stadt wie ein dumpfes Echo in der Nacht lag. Der Sturm, der sich über der Stadt zusammengebraut hatte, spiegelte die Anspannung wider, die wie eine greifbare Dunkelheit zwischen ihnen hing.

Max' Atem ging schwer, und sein Herz schlug schnell, doch er wusste, dass sie nicht anhalten konnten. Sie hatten nur noch wenige Stunden, um den geplanten Bio-Angriff zu vereiteln, und die Uhr tickte erbarmungslos. Im Hintergrund hörte er Karl, der leise fluchte, während er versuchte, Schritt zu halten. Vor ihnen lief Hanna, die Augen fokussiert und das Gesicht zu einer entschlossenen Maske verzerrt.

„Wir sind fast da", keuchte Hanna, als sie an einer Ecke anhielt, um auf ihren Laptop zu blicken. Der Bildschirm leuchtete in der Dunkelheit wie ein einsamer Stern. „Das nächste Ziel ist nur ein paar Straßen weiter. Sie werden uns erwarten."

Max nickte und spürte, wie der Regen durch seine Jacke drang. „Dann sorgen wir dafür, dass sie überrascht werden."

———

DIE INFORMATIONEN, die sie durch Karls Kontakte erhalten hatten, hatten sie zu einem heruntergekommenen Lagerhaus im Industriegebiet geführt. Dort sollte der Transport des tödlichen Virus auf einen LKW verladen werden, um es in die Wasserversorgung der

Stadt zu schleusen. Doch die Sekte wusste, dass sie verfolgt wurden. Es war ein Katz-und-Maus-Spiel, bei dem die Rollen ständig wechselten.

„Wer hätte gedacht, dass ich einmal der Held spiele", bemerkte Karl trocken, während er seine Pistole überprüfte. Ein schiefes Lächeln zog sich über sein Gesicht, und er sah Max herausfordernd an.

„Lass mich nicht lachen", gab Max zurück, ohne seinen Blick von dem finsteren Eingang des Lagerhauses zu lösen. „Das hier hat nichts mit Helden zu tun. Es ist ein verdammtes Spiel um Leben und Tod."

Karl hob nur die Schultern. „Ist das nicht immer so?"

Hanna schnaubte. „Könntet ihr beide euch das Aufspielen für später aufsparen? Wir haben einen Job zu erledigen."

Max nahm einen tiefen Atemzug und konzentrierte sich auf das, was vor ihm lag. Er wusste, dass die Grenze zwischen Freund und Feind dünner war als ein Blatt Papier. Er wusste, dass er Karl nicht völlig trauen konnte – und doch hatten sie keine Wahl.

DIE TÜR ZUM LAGERHAUS war halb offen, und das schummrige Licht drinnen ließ die Schatten noch bedrohlicher erscheinen. Max konnte das leise Murmeln von Stimmen hören, das aus der Tiefe des Gebäudes drang. Ein Signal, dass sie in die Falle traten. Aber sie mussten es riskieren. Es war ihre einzige Chance.

„Wir müssen sie trennen", flüsterte Hanna und legte eine Hand auf Max' Arm. „Wenn sie zusammenbleiben, sind wir erledigt."

„Verstanden", sagte er knapp und nickte Karl zu. „Du gehst rechts, ich links. Hanna, du bleibst hier und sicherst den Eingang."

Karl grinste und verschwand lautlos in den Schatten. Max folgte ihm und spürte, wie sein Puls in seinen Ohren hämmerte. Jeder Schritt brachte ihn näher an das Zentrum des Verrats und an das, was sie so verzweifelt zu verhindern versuchten.

SIE HATTEN KAUM DEN ersten Raum durchquert, als die Falle zuschnappte. Ein grelles Licht blendete sie, und Schüsse hallten durch die Dunkelheit. Max warf sich instinktiv zu Boden und hörte, wie die Kugeln dicht über seinem Kopf zischten. Karl verschwand in einem Seitengang, während Max sich hektisch nach einer Deckung umsah.

„Was zur Hölle?", schrie Hanna durch das Funkgerät, ihre Stimme verzerrt und voller Panik.

„Sie wussten, dass wir kommen!", antwortete Max und rollte sich hinter eine Kiste. „Karl, bist du da?"

Stille. Für einen Moment war nur das Echo der Schüsse zu hören, dann meldete sich Karl atemlos über Funk. „Ja, ich bin hier. Sie haben mich gesehen, aber ich glaube, ich kann sie ablenken."

„Dann mach es", zischte Max. „Wir müssen sie rauslocken, bevor sie den Virus transportieren!"

ES FOLGTEN MINUTEN voller Chaos. Max duckte sich durch die Gänge des Lagerhauses, während um ihn herum das Feuergefecht tobte. Er sah die Gestalten der Sektenmitglieder durch den Rauch huschen, hörte ihre Rufe und das metallische Klicken ihrer Waffen. Doch er konnte keinen klaren Blick auf den Verantwortlichen werfen – den Mann, der diesen Wahnsinn angeführt hatte.

Plötzlich tauchte Karl neben ihm auf, Schweiß lief ihm über das Gesicht, doch seine Augen funkelten vor Adrenalin. „Sie sind verwirrt", sagte er, ein siegreiches Grinsen auf den Lippen. „Ich habe sie in die Irre geführt. Jetzt ist deine Chance."

„Meine Chance?", wiederholte Max und sah ihn skeptisch an.

„Ja", sagte Karl entschlossen. „Geh durch die Hintertür. Ich halte sie hier auf. Los, bevor es zu spät ist!"

Max zögerte nur einen Moment. Er wusste, dass dies der Punkt war, an dem sich alles entscheiden würde – ob Karl wirklich auf ihrer Seite war oder ob dies der Moment war, in dem er sie verraten würde.

———————

MAX RANNTE, OHNE ZURÜCKZUSCHAUEN. Er sprintete durch die dunklen Gänge, hörte Hannas Stimme im Ohr, die ihm Anweisungen gab, bis er schließlich in einem großen, leeren Raum ankam. Dort stand der LKW, der das Virus transportieren sollte, und davor wartete der Anführer der Sekte – ein Mann, dessen Gesicht Max nur aus Fotos kannte.

„Maximilian Stolz", sagte der Mann mit einem höhnischen Lächeln, als er seine Waffe auf ihn richtete. „Ich hätte wissen müssen, dass du es bis hierher schaffst."

„Und ich hätte wissen müssen, dass du dumm genug bist, hier auf mich zu warten", entgegnete Max kühl, seine Augen blitzten vor Wut.

Der Mann lachte leise. „Du bist mutig, das gebe ich zu. Aber das hier ist das Ende der Linie. Du hast zu viel gesehen, zu viel gewagt. Jetzt wirst du den Preis zahlen."

Max spürte, wie sich seine Muskeln anspannten. „Das Gleiche könnte ich auch von dir sagen."

In diesem Moment ertönte ein lauter Knall, und die Tür hinter ihnen flog auf. Karl stand dort, seine Waffe in der Hand, und ein entschlossener Ausdruck lag auf seinem Gesicht. „Lass ihn gehen", sagte er ruhig, seine Stimme fest. „Das hier endet jetzt."

Der Anführer der Sekte sah Karl überrascht an, dann verzog sich sein Gesicht zu einem bösartigen Grinsen. „Du verrätst uns also, Karl? Du, der du Teil dieses Systems bist?"

„Vielleicht", sagte Karl und schoss ohne zu zögern. Der Mann fiel mit einem überraschten Keuchen zu Boden, und für einen Moment herrschte absolute Stille.

———————————

DIE SEKUNDEN SCHIENEN sich zu dehnen, als Max auf den toten Körper vor sich starrte. Dann drehte er sich zu Karl um, der noch immer die Waffe in der Hand hielt, und sagte leise: „Warum?"

Karl ließ die Waffe sinken und sah ihm fest in die Augen. „Weil du der einzige bist, der das Spiel wirklich verstanden hat. Es gibt keine Helden, Max. Nur Spieler, die wissen, wann sie ihren Zug machen müssen."

Max nickte langsam und spürte, wie sich ein Kloß in seinem Hals bildete. „Dann lass uns das hier zu Ende bringen."

Sie nahmen die Beweise und das Virus, das sicher in einem Container versteckt war, und verließen das Lagerhaus, während die ersten Sonnenstrahlen den Himmel durchbrachen. Die Nacht war vorbei, aber das Spiel war noch lange nicht gewonnen.

Kapitel 28: Opfer und Entscheidungen

D er Morgen graute, als sie das Lagerhaus verließen. Der Nebel hing wie ein schwerer Schleier über der Stadt, und die Luft roch nach nassem Asphalt und verbrannter Hoffnung. Max spürte das Gewicht der letzten Stunden auf seinen Schultern. Sie hatten das Virus sicherstellen können, aber der Preis, den sie dafür bezahlt hatten, schien unerträglich hoch. Die Stille zwischen ihnen war drückend, als sie durch die leeren Straßen eilten, die durch den Regen glitzerten wie ein gefrorenes Spinnennetz.

Hanna führte die Gruppe an, ihr Gesicht war hart und entschlossen, aber ihre Augen verrieten die Angst, die in ihrem Inneren tobte. Karl lief dicht hinter ihr, das Gesicht in den Schatten seiner Kapuze verborgen. Max folgte ihnen mechanisch, seine Gedanken rasten, doch er wusste, dass es keine Zeit für Zweifel oder Zögern gab. Sie mussten den nächsten Schritt planen, um die Stadt endgültig zu retten.

„Wir sind noch nicht sicher", sagte Karl leise, als sie um eine Ecke bogen und sich durch eine Seitengasse schlängelten. „Die Sekte wird nicht so leicht aufgeben. Sie werden kommen."

„Das weiß ich", erwiderte Max kalt, ohne sich umzudrehen. „Aber diesmal sind wir vorbereitet. Wir lassen sie nicht gewinnen."

SIE ERREICHTEN EINEN verlassenen U-Bahn-Schacht, der ihnen als provisorischer Unterschlupf diente. Hier waren sie vor neugierigen Augen sicher. Doch Max konnte das Gefühl nicht abschütteln, dass sie beobachtet wurden. Er sah Karl misstrauisch an, während dieser das Virus vorsichtig in einen metallenen Schutzbehälter legte.

„Wir müssen die Informationen sofort an die Behörden übergeben", sagte Hanna und brach damit die bedrückende Stille. „Das ist unsere einzige Chance, das Ganze zu beenden."

„Ach ja? Und wie stellst du dir das vor?", fragte Karl ironisch und funkelte sie herausfordernd an. „Denkst du, die werden uns einfach so zuhören? Nach allem, was passiert ist?"

„Was schlägst du dann vor, Karl?", fragte Max, seine Stimme angespannt vor Wut. „Dass wir das Virus einfach behalten und hoffen, dass es von alleine verschwindet?"

„Nein", sagte Karl und hielt den Blick gesenkt. „Ich schlage vor, dass wir ihnen eine Falle stellen. Wir locken sie an und zwingen sie, ihre Hand zu zeigen."

Hanna hob die Augenbrauen. „Und wer genau ist ‚wir', Karl? Seit wann bist du auf unserer Seite?"

Karl zögerte, dann sah er Max fest in die Augen. „Seit ich keine andere Wahl mehr habe."

———

SIE HATTEN SICH KAUM entschieden, wie sie vorgehen wollten, als das unvermeidliche Geräusch von Schritten in der Ferne ertönte. Max' Herz setzte einen Schlag aus, und er spürte, wie die Spannung im Raum explodierte. „Sie sind hier", sagte er mit rauer Stimme und sah zu Hanna und Karl. „Wir haben keine Zeit mehr."

„Los, wir müssen das Virus in Sicherheit bringen", rief Hanna, doch Karl schüttelte den Kopf.

„Nein", sagte er leise. „Einer von uns muss bleiben, um sie aufzuhalten. Sonst schaffen es die anderen nicht."

Max starrte ihn an, unfähig zu begreifen, was Karl gerade gesagt hatte. „Du redest Unsinn. Wir gehen alle zusammen. Wir schaffen das gemeinsam."

„Nein, Max", antwortete Karl ruhig, seine Augen ernst und unerwartet weich. „Es gibt Dinge, die man nur alleine erledigen kann."

Bevor Max reagieren konnte, griff Karl nach dem Schutzbehälter und drückte ihn Hanna in die Hände. „Nimm das", sagte er fest. „Und lauf. Lauf, solange du noch kannst."

Hanna stand da, wie vom Donner gerührt, und ein entsetzter Ausdruck breitete sich auf ihrem Gesicht aus. „Karl, nein. Das ist Wahnsinn. Wir können das zusammen schaffen."

„Nein", wiederholte Karl sanft und trat einen Schritt zurück. „Ich habe genug Leben zerstört. Es ist Zeit, dass ich das Richtige tue."

———————————

DIE NÄCHSTEN SEKUNDEN schienen sich zu dehnen, als Karl sich umdrehte und auf den U-Bahn-Schacht zuging, der zurück in die Tiefe führte, während das Echo der Schritte lauter wurde. Max wusste, dass er ihn aufhalten sollte, doch er konnte nicht. Etwas in Karls Blick hielt ihn fest – ein unausgesprochener Abschied, den er nicht zu akzeptieren bereit war.

„Karl!", schrie er, seine Stimme brach vor Verzweiflung. „Das sollte nicht so enden!"

Karl drehte sich ein letztes Mal um und lächelte – ein trauriges, bitteres Lächeln, das Max für immer verfolgen würde. „Aber genau so muss es enden, Max. Ich habe meine Entscheidung getroffen. Geh jetzt."

Dann verschwand er im Schatten, und das letzte, was Max von ihm sah, war der schwarze Mantel, der wie ein Vorhang hinter ihm fiel. Er hörte, wie das Feuergefecht begann, das Echo der Schüsse durch die U-Bahn-Halle hallte und sich wie ein dumpfer Donner in seinen Kopf fraß.

———

„LOS, WIR MÜSSEN HIER weg!", rief Hanna und packte Max am Arm, zerrte ihn förmlich mit sich, während die Geräusche des Kampfes in der Dunkelheit verhallten. Max spürte, wie die Tränen seine Augen brannten, doch er zwang sich, weiterzulaufen, ohne zurückzublicken. Jede Faser seines Körpers wollte umdrehen, wollte Karl retten – doch er wusste, dass es keine Rettung mehr gab.

„Er hat sich geopfert, Max", sagte Hanna leise, als sie schließlich in einem leerstehenden Gebäude Zuflucht fanden und die Tür hinter sich verschlossen. „Damit wir eine Chance haben."

„Das ist Wahnsinn", murmelte Max, seine Stimme brach fast. „Es sollte nicht so enden... nicht so."

Hanna sah ihn lange an, dann legte sie eine Hand auf seine Schulter. „Ich weiß. Aber wir müssen weitermachen. Für ihn."

Max nickte stumm, seine Gedanken drehten sich im Kreis. Alles, was sie erreicht hatten, schien sich in diesem Moment in Nichts aufzulösen. Doch er wusste, dass es keine andere Wahl gab. Er musste stark sein – für Karl, für Hanna, für alle, die bereits gefallen waren.

———

SIE VERBRACHTEN DIE nächsten Stunden in angespannter Stille. Max konnte keinen Schlaf finden, die Bilder des letzten Moments jagten durch seinen Kopf wie ein immerwährender Albtraum. Er wusste, dass sie handeln mussten, bevor die Sekte einen neuen Plan ausheckte. Doch die Entscheidung, die vor ihnen lag, schien unmöglich.

„Was jetzt?", fragte Hanna schließlich, ihre Stimme klang leer und müde. „Wie soll es weitergehen?"

Max sah sie an, und er spürte, wie etwas in ihm zerbrach und gleichzeitig neu geformt wurde. „Wir beenden, was wir angefangen haben", sagte er fest. „Egal, was es kostet. Egal, wer uns im Weg steht."

„Und wie?", fragte sie leise, ihre Augen funkelten im schwachen Licht des Morgens. „Wie schaffen wir das alleine?"

„Nicht alleine", sagte er und schloss die Augen für einen Moment. „Karl hat uns den Weg freigemacht. Jetzt müssen wir nur mutig genug sein, ihn zu gehen."

Kapitel 29: Der letzte Vorhang

———

D as alte Theater war ein Schatten seiner selbst. Die hohen Fenster waren mit Staub und Spinnweben überzogen, und das fahle Mondlicht, das durch die Ritzen drang, tauchte den Raum in ein geisterhaftes Licht. Die Wände waren von der Feuchtigkeit aufgequollen, und das Holz der Sitze knarrte unter jedem Schritt. Einst war es ein Ort voller Glanz und Leben gewesen, doch nun war es nichts weiter als ein Relikt vergangener Zeiten – ein perfekter Ort für das letzte Spiel, das hier heute Nacht entschieden werden sollte.

Max und Hanna schlichen durch die Reihen, ihre Bewegungen leise und zielstrebig. Jeder Schritt auf dem alten, knarrenden Parkettboden ließ die Spannung in der Luft greifbarer werden. Vor ihnen lag die Bühne, halb im Dunkeln, halb von der schwachen Glühbirne eines einzelnen Scheinwerfers beleuchtet. Es war, als ob das Schicksal sie genau hierher geführt hätte – als ob das Ende von Anfang an vorbestimmt gewesen wäre.

„Bist du sicher, dass er hier sein wird?", flüsterte Hanna, ihre Stimme war kaum mehr als ein Hauch in der Dunkelheit.

Max nickte, sein Blick starr auf die Bühne gerichtet. „Ja. Das ist seine letzte Zuflucht. Er wird nirgendwo anders hingehen."

———

DIE INFORMATIONEN, die Karl ihnen gegeben hatte, bevor er sich geopfert hatte, führten sie genau hierher. Das alte Theater war einst ein geheimer Treffpunkt der Sekte gewesen, ein Ort, an dem die Pläne geschmiedet wurden, die Max' Leben in einen Albtraum verwandelt hatten. Es war nur passend, dass es auch der Ort sein würde, an dem alles endete.

„Es fühlt sich an wie eine Inszenierung", sagte Hanna leise, während sie ihren Revolver aus dem Halfter zog und die Sicherheit löste. „Wie ein verdammtes Theaterstück, und wir sind die Marionetten."

„Vielleicht", antwortete Max kalt. „Aber heute Nacht sind wir es, die das Stück schreiben."

Sie hatten die Mitte des Zuschauerraums erreicht, als eine einsame Gestalt auf der Bühne erschien. Der Sektenführer, ein hochgewachsener Mann mit aristokratischen Zügen, trat aus den Schatten. Sein Gesicht war ruhig und selbstsicher, und ein dünnes Lächeln spielte um seine Lippen, als er Max und Hanna entdeckte.

„Ah, Maximilian Stolz", sagte er mit einer Stimme, die das leere Theater durchdrang. „Ich habe auf dich gewartet."

———

MAX SPÜRTE, WIE SEIN Magen sich verkrampfte, aber er ließ sich nichts anmerken. „Natürlich hast du das", sagte er kühl und trat einen Schritt näher zur Bühne. „Du wusstest, dass es hier enden würde, nicht wahr?"

Der Sektenführer lächelte überlegen, und seine Augen funkelten im schwachen Licht des Scheinwerfers. „Enden?", wiederholte er spöttisch. „Nein, mein lieber Max, das ist kein Ende. Das ist ein Neuanfang. Du verstehst nichts von wahrer Macht."

„Wahre Macht?", schnaubte Max, seine Stimme vor Zorn bebend. „Du hast keine Ahnung von Macht. Du hast Angst, dass alles, was du aufgebaut hast, zusammenbricht. Du hast nur versucht, die Schwächen anderer auszunutzen, um dich stark zu fühlen."

Der Sektenführer lachte leise, als ob Max' Worte ihn amüsierten. „Und du verstehst nichts von Menschlichkeit", sagte er kalt. „Du glaubst, dass du den Menschen helfen kannst, indem du ihnen die Wahrheit sagst. Aber die Wahrheit ist nur eine Illusion, Max. Die Menschen wollen nicht die Wahrheit. Sie wollen jemanden, der sie führt. Und genau das habe ich ihnen gegeben."

Max spürte, wie die Wut in ihm brodelte. „Du hast ihnen nichts gegeben außer Lügen und Manipulation", sagte er scharf. „Und heute Nacht wird das aufhören."

HANNA HOB IHRE WAFFE, ihr Blick war fest und unnachgiebig. „Es ist vorbei. Deine Zeit ist abgelaufen. Gib auf."

Der Sektenführer hob die Hände in einer übertriebenen Geste der Kapitulation, aber sein Gesicht blieb ungerührt. „Glaubt ihr wirklich, dass ihr gewinnen könnt?", fragte er leise, seine Stimme triefte vor Spott. „Ihr seid Kinder, die gegen einen Sturm kämpfen."

„Vielleicht", antwortete Max, seine Augen verengt. „Aber auch ein Sturm kann enden."

In einer blitzschnellen Bewegung zog der Sektenführer eine Pistole aus seinem Mantel und zielte auf Max. Doch bevor er den Abzug drücken konnte, ertönte ein Schuss – Hanna hatte gefeuert. Der Anführer zuckte zusammen, die Pistole fiel klappernd zu Boden, und er sank mit einem überraschten Ausdruck in den Augen auf die Knie.

„Das... das ist nicht möglich", stammelte er, während Blut aus einer Wunde an seiner Schulter sickerte. Sein Gesicht war plötzlich bleich, und das selbstsichere Lächeln verschwand. „Ihr... ihr seid nur Kinder..."

„Und du bist nur ein Feigling", sagte Hanna leise und senkte ihre Waffe. „Ein Feigling, der dachte, er könnte über Leben und Tod entscheiden."

MAX TRAT VOR UND STAND nun direkt vor dem verletzten Mann. „Wo ist das letzte Stück des Puzzles?", fragte er kalt. „Wo sind die Beweise, die deine ganze Organisation vernichten werden?"

Der Sektenführer lachte, ein bitteres, ersticktes Lachen, das sich in einen Husten verwandelte. „Du... du denkst wirklich, du kannst gewinnen?", flüsterte er. „Die Beweise? Sie sind schon lange nicht mehr hier."

Max spürte, wie ihm der Boden unter den Füßen wegzubrechen drohte. „Lüg mich nicht an", sagte er mit gepresster Stimme. „Sag mir, wo sie sind!"

Der Sektenführer hob zitternd die Hand und deutete auf die alte Bühne, auf der sie standen. „Unter... unter uns", hauchte er schließlich. „Die ganze Zeit... unter der Bühne. Du warst so nah, und doch so fern."

Max' Augen weiteten sich, und er machte einen Schritt zurück. Hanna folgte seinem Blick, dann stürmte sie zur Ecke der Bühne, wo eine verborgene Luke war, die nur durch genaues Hinsehen zu erkennen war.

SIE ÖFFNETEN DIE LUKE, und darunter fanden sie eine staubige Kiste, vollgestopft mit Dokumenten, Festplatten und Beweisen – alles, was sie brauchten, um die Sekte zu Fall zu bringen. Max holte tief Luft, als er die Papiere durchblätterte. Dies war es, was sie all die Monate gesucht hatten. Die Beweise, die das Netzwerk der Lügen und Manipulationen offenlegen würden.

„Wir haben es geschafft", flüsterte Hanna, ihre Stimme war belegt vor Emotionen.

Max nickte langsam, seine Augen fest auf den Sektenführer gerichtet, der nun kraftlos am Boden lag. „Nein", sagte er leise. „Das ist noch nicht das Ende. Aber es ist der Anfang vom Ende."

Der Sektenführer hob seinen Kopf, und ein gequältes Lächeln zuckte über sein Gesicht. „Ihr... habt nichts gewonnen", stieß er hervor. „Nichts. Selbst wenn ich falle, wird das System weiterbestehen. Es wird euch verschlingen."

„Vielleicht", sagte Max ruhig. „Aber heute Nacht haben wir einen Riss in deiner perfekten Fassade geschaffen. Und das reicht, um den Rest zum Einsturz zu bringen."

———

SIE VERLIESSEN DAS THEATER, während die ersten Sonnenstrahlen den Himmel über Berlin erhellten. Max trug die Kiste mit den Beweisen fest an sich gedrückt, und seine Schritte fühlten sich plötzlich leichter an. Hanna folgte ihm schweigend, ihre Waffe immer noch in der Hand. Das Theater blieb hinter ihnen in der Dunkelheit zurück, wie ein stiller Zeuge dessen, was geschehen war.

„Und jetzt?", fragte Hanna leise, als sie die Stufen des Eingangs hinabstiegen.

Max sah nicht zurück. „Jetzt bringen wir die Wahrheit ans Licht", sagte er entschlossen. „Und dann sehen wir, wer am Ende wirklich gewinnt."

Kapitel 30: Wahrheit oder Pflicht

Die ersten Sonnenstrahlen kämpften sich durch die zerschlissenen Vorhänge des verlassenen Theaters und malten gespenstische Muster auf den verstaubten Holzboden. Max und Hanna standen in der Mitte der Bühne, umgeben von den Papieren und Festplatten, die sie unter der Bühne entdeckt hatten. Der Sektenführer saß immer noch auf dem Boden, seine linke Schulter blutend, doch seine Augen blitzten trotzig.

Die Atmosphäre war angespannt, als Max ihm die Dokumente vor die Füße warf. „Erklär das", forderte er scharf, seine Stimme bebte vor unterdrücktem Zorn. „Erklär, wie du glaubst, dass du nach all dem hier noch davonkommst."

Der Sektenführer hob den Kopf und betrachtete die verstreuten Beweise, als seien es nur bedeutungslose Papierfetzen. Ein schwaches Lächeln huschte über sein bleiches Gesicht. „Oh, Max", sagte er ruhig, „du denkst wirklich, dass das hier irgendeine Rolle spielt, nicht wahr?"

„DU HAST KEINE ANTWORTEN mehr, oder?", fauchte Hanna und trat einen Schritt näher, ihre Waffe weiterhin fest auf ihn gerichtet. „Deine Lügen, deine Machtspielchen – sie sind vorbei. Wir haben alles, was wir brauchen, um deine Organisation zu zerstören."

Der Sektenführer lächelte breiter, als ob Hannas Worte ihn nur belustigten. „Machtspielchen? Lügen?", wiederholte er in einem spöttischen Ton. „Ihr seid so naiv. Ihr habt nichts verstanden. Die Wahrheit ist... flexibel."

Max ballte die Fäuste, das Blut pochte in seinen Ohren. „Was redest du da? Die Beweise sind eindeutig. Deine gesamte Sekte, jede Manipulation, jedes Verbrechen – wir haben alles dokumentiert. Es ist vorbei."

Der Sektenführer seufzte und legte den Kopf schief, als würde er mit einem widerspenstigen Kind sprechen. „Nein, Max. Es ist nicht vorbei. Es hat noch nicht einmal richtig begonnen."

———————

FÜR EINEN MOMENT SCHIEN die Zeit stillzustehen. Max spürte, dass etwas in der Luft lag, etwas Unausgesprochenes, das wie ein schwerer Vorhang über der Szene hing. Er zwang sich, die Augen nicht von dem Mann zu lassen, der trotz der schwindenden Macht immer noch einen seltsamen, fast triumphierenden Ausdruck im Gesicht hatte.

„Die Wahrheit ist relativ", sagte der Sektenführer plötzlich, seine Stimme leise, aber voller unheilvoller Gewissheit. „Was du hier in deinen Händen hältst, ist nichts weiter als ein Bruchstück – ein Bild, das nur das zeigt, was du sehen sollst. Hast du nie daran gedacht, dass vielleicht auch du manipuliert wirst?"

Max zuckte zusammen, doch er schüttelte schnell den Kopf. „Du versuchst nur, mich zu verwirren. Es gibt keine andere Wahrheit als die, die wir hier in diesen Dokumenten haben."

„Oh, wirklich?", höhnte der Anführer und stützte sich schwer auf seinen unverletzten Arm, um sich aufzurichten. „Bist du dir da so sicher? Weißt du wirklich, wer diese Beweise gesammelt hat? Wer sie dir zugespielt hat?"

Max spürte, wie eine Welle des Zweifels durch ihn rollte. „Was meinst du damit?"

„Ich meine", fuhr der Sektenführer fort, „dass du nur das sehen wolltest, was du sehen solltest. Dass alles, was du hier hast, nur Teil eines viel größeren Spiels ist, das du nie verstanden hast. Deine Wahrheit ist nichts weiter als eine Marionette – genau wie du."

HANNA ZÖGERTE, ALS ob sie kurz davor wäre, den Abzug zu drücken, doch Max hielt sie mit einem stummen Blick zurück. „Wovon redest du?", fragte er, seine Stimme klang plötzlich weniger fest. „Erklär dich!"

Der Sektenführer schüttelte nur langsam den Kopf. „Ich denke nicht, dass ihr die Wahrheit wirklich hören wollt. Ihr seid so weit gekommen, habt so viel geopfert – und alles für eine Lüge."

„Sag es!", schrie Hanna plötzlich, ihre Stimme überschlug sich, während Tränen in ihren Augen aufstiegen. „Du hast kein Recht mehr zu schweigen!"

Der Sektenführer hob die Hände in einer übertriebenen Geste der Kapitulation. „Gut, gut. Wenn ihr es unbedingt hören wollt... Die Wahrheit ist, dass ich nicht der bin, für den ihr mich haltet. Und diese Beweise, die ihr so verzweifelt verteidigt – sie wurden von meinen eigenen Leuten für euch gesammelt."

Max starrte ihn ungläubig an. „Was... was soll das heißen? Du lügst."

„Nein", antwortete der Sektenführer mit eisiger Ruhe. „Die Wahrheit ist, dass ihr die ganze Zeit nur auf die eine Person gehört habt, die euch wirklich kontrollieren wollte."

„Wer?", flüsterte Max, seine Gedanken schwirrten, als er versuchte, die Worte zu begreifen. „Wer steckt hinter all dem?"

EIN GERÄUSCH HINTER ihnen ließ sie herumfahren, und im Schatten des Theaters erschien eine weitere Gestalt – ein Mann, den Max seit Wochen nicht mehr gesehen hatte. Sein Herz setzte einen Schlag aus, als Karl aus den Schatten trat, seine Augen kühl und ausdruckslos.

„Karl?", flüsterte Hanna, ihre Waffe sank langsam, als sie das Gesicht ihres alten Verbündeten erkannte.

Karl trat langsam näher, und ein kaltes Lächeln spielte um seine Lippen. „Hallo, Max", sagte er leise. „Es tut mir leid, dass ich dich so lange in Unwissenheit gelassen habe. Aber es war notwendig."

Max starrte ihn fassungslos an. „Was... was redest du da? Du hast dich für uns geopfert. Du hast dein Leben riskiert, um uns zu helfen!"

„Nein", sagte Karl ruhig und sah ihm direkt in die Augen. „Ich habe genau das getan, was nötig war, um dich dorthin zu führen, wo du jetzt stehst."

Der Sektenführer lachte leise, sein Gesicht war plötzlich von einem tiefen, triumphierenden Ausdruck geprägt. „Du siehst, Max? Die Wahrheit ist relativ. Jeder von uns spielt seine Rolle, und du... du hast nur das getan, was dir gesagt wurde."

MAX FÜHLTE, WIE DIE Welt um ihn herum ins Wanken geriet. „Nein... das kann nicht wahr sein. Karl, du warst einer von uns. Du hast uns geholfen."

„Ich habe dir geholfen", antwortete Karl kalt. „Aber nicht aus den Gründen, die du denkst. Ich habe geholfen, weil es der einzige Weg war, die Kontrolle zu behalten. Du hast das Netz zerrissen, Max, aber nur, weil ich dich dazu gebracht habe."

Hanna fiel auf die Knie, ihre Hände zitterten. „Das ist... das ist nicht wahr", flüsterte sie. „Du hast uns betrogen. Die ganze Zeit..."

„Nein", sagte Karl, und für einen Moment war ein Anflug von Traurigkeit in seiner Stimme. „Ich habe nur das getan, was nötig war. Die Sekte, die Macht – sie waren nur ein Mittel zum Zweck. Aber ich habe nie gelogen. Ich habe euch die Wahrheit gezeigt, und ihr habt entschieden, was ihr daraus macht."

MAX WUSSTE NICHT, WAS er sagen sollte. Die Luft schien aus seinen Lungen zu entweichen, und er fühlte sich, als ob er in einen endlosen Abgrund starrte. „Und was jetzt?", fragte er leise, seine Stimme war kaum mehr als ein Flüstern. „Was soll ich jetzt tun?"

Karl sah ihn an, und in seinen Augen lag eine seltsame Mischung aus Bedauern und Entschlossenheit. „Jetzt, Max, liegt es an dir zu entscheiden, was die Wahrheit ist. Du kannst die Beweise nehmen und glauben, dass du gewonnen hast – oder du kannst die Wahrheit akzeptieren, dass es keinen wirklichen Sieg gibt."

Max spürte, wie sich Tränen in seinen Augen sammelten, aber er blinzelte sie weg. „Ich... ich werde die Wahrheit ans Licht bringen", sagte er schließlich, seine Stimme klang fest und entschlossen. „Egal, was du sagst, Karl. Egal, was du getan hast."

Der Sektenführer lachte leise und legte den Kopf zurück, als ob er die Ironie des Moments genoss. „Dann geh und erzähl deine Wahrheit, Max. Vielleicht wird sie eines Tages jemand glauben."

Kapitel 31: Im Angesicht der Dunkelheit

———

Das verlassenes Theater lag still da, umhüllt vom Schatten der Nacht, während Max und Hanna sich schweigend durch die Gassen zurückzogen. Ihr Vertrauen, so sorgfältig aufgebaut, war mit Karls Enthüllung wie ein Kartenhaus in sich zusammengefallen. Jede noch so kleine Bewegung wirkte jetzt wie ein Verrat, jede unausgesprochene Wahrheit wie eine tickende Zeitbombe.

„Wie konnten wir so blind sein?", murmelte Hanna, ihre Stimme war eine Mischung aus Enttäuschung und Zorn. Sie rieb sich über die Stirn, als ob sie die Ereignisse der letzten Stunden einfach wegwischen könnte.

Max schüttelte nur stumm den Kopf, unfähig, eine Antwort zu finden. Er spürte die Schwere der letzten Enthüllung in jeder Faser seines Körpers. Karl hatte ihre Welt auf den Kopf gestellt, und das Vertrauen, das er ihm entgegengebracht hatte, war zerbrochen. „Vertrauen ist wohl überbewertet", sagte Max schließlich bitter, sein Blick war fest auf den dunklen Horizont gerichtet.

Die erste Konfrontation

Sie hatten sich in eine heruntergekommene Wohnung am Stadtrand zurückgezogen, weit weg von neugierigen Augen und dem alten Theater, das jetzt wie ein verwundeter Schatten über ihnen schwebte. Hanna saß mit leerem Blick auf einem alten Sofa, während Max hektisch durch die kleine Küche ging und versuchte, seine Gedanken zu ordnen.

„Was jetzt?", fragte sie schließlich, ihre Stimme klang brüchig. „Wie sollen wir weiterkämpfen, wenn wir nicht einmal wissen, wem wir trauen können?"

„Ich weiß es nicht", gestand Max leise. Er war zu erschöpft, um zu lügen. „Alles, was wir hatten, ist in den letzten Stunden zerbrochen. Aber eines weiß ich sicher: Wir können nicht aufgeben. Nicht jetzt."

Hanna schnaubte verächtlich. „Du klingst wie in einem schlechten Film, Max. Das hier ist die Realität – und in der Realität gewinnt nicht immer der Gute."

„Wer hat jemals gesagt, dass ich der Gute bin?", erwiderte Max trocken und drehte sich zu ihr um. „Ich will nur die Wahrheit ans Licht bringen. Auch wenn es die ist, die ich nicht sehen will."

Ein verzweifeltes Bündnis

Plötzlich klingelte es an der Tür. Max und Hanna tauschten einen alarmierten Blick, und er zog seine Waffe. „Bleib hier", flüsterte er, bevor er zur Tür schlich und durch den Spion blickte. Ein ungläubiges Lächeln breitete sich auf seinem Gesicht aus, als er die Tür öffnete.

Draußen stand ein unerwarteter Besucher: Karl. Er war blass, sein Gesicht war von Müdigkeit und Enttäuschung gezeichnet, aber seine Augen waren fest auf Max gerichtet.

„Du hast verdammt viel Mut, hier aufzutauchen", sagte Max scharf, während er die Tür nur einen Spalt breit öffnete. „Warum sollte ich dich jetzt reinlassen?"

Karl hob beschwichtigend die Hände. „Weil ich die einzige Person bin, die euch helfen kann, aus diesem Schlamassel herauszukommen."

„Oh, natürlich", sagte Hanna spöttisch aus dem Hintergrund. „Der Mann, der uns von Anfang an betrogen hat, will uns jetzt retten. Wie rührend."

Karl verzog keine Miene. „Ihr könnt mir glauben oder nicht, aber ich habe Informationen, die euch noch nützlich sein könnten. Die Sekte wird nicht aufgeben, nur weil ihr ein paar ihrer Pläne vereitelt habt. Das hier ist noch lange nicht vorbei."

Max starrte Karl an, die Kiefer fest aufeinandergepresst. Er wusste, dass er ihm nicht trauen konnte – und doch war da ein Funken der Hoffnung, dass Karl vielleicht doch noch auf ihrer Seite stand. „Was willst du?", fragte er schließlich.

„Ich will nur, dass ihr überlebt", sagte Karl leise. „Und dafür müsst ihr mir diesmal wirklich zuhören."

DIE ATMOSPHÄRE IM RAUM war eisig, als sie sich an den kleinen, wackeligen Tisch setzten. Karl breitete eine Karte aus, auf der verschiedene Markierungen zu sehen waren. „Die Sekte hat noch ein letztes Ass im Ärmel", begann er und sein Tonfall war ernst. „Sie haben einen Treffpunkt, den sie als Rückzugspunkt nutzen werden. Dort werden sie alles reorganisieren und versuchen, ihre Macht zurückzugewinnen."

„Und warum sollten wir dir das glauben?", fragte Hanna, ihre Stimme zitterte vor Zorn. „Nach allem, was du getan hast, hast du kein Recht mehr, uns irgendetwas zu sagen."

Karl sah sie lange an, dann nickte er langsam. „Weil ihr keine andere Wahl habt. Ihr müsst mir vertrauen, auch wenn ich es nicht verdient habe. Die Informationen, die ihr habt, reichen nicht aus, um die Sekte endgültig zu besiegen. Ihr braucht mehr – und ich weiß, wo wir es finden."

Max lehnte sich zurück und betrachtete Karl lange schweigend. „Was ist dein Preis?", fragte er schließlich. „Du würdest uns das nicht einfach so erzählen."

„Mein Preis?", wiederholte Karl und sein Gesicht verhärtete sich. „Ich will, dass mein Name nicht in den Dreck gezogen wird. Ich habe genug geopfert, und ich will nicht als Verräter in die Geschichte eingehen."

Hanna schnaubte. „Du bist ein Verräter."

„Vielleicht", antwortete Karl und seine Stimme klang unerwartet ruhig. „Aber ich bin ein Verräter mit einem Gewissen. Und das ist mehr, als viele andere in dieser Geschichte von sich behaupten können."

MAX WUSSTE, DASS SIE keine andere Wahl hatten. Trotz des Verrats, der in der Luft lag, trotz der Lügen, die sich zwischen ihnen verwoben hatten, mussten sie Karls Angebot annehmen. Es war ihre einzige Chance, das Netz der Sekte endgültig zu zerstören. Sie hatten zu viel verloren, um jetzt noch zurückzuweichen.

„In Ordnung", sagte er schließlich, seine Stimme klang entschlossen. „Wir machen es. Aber eines solltest du wissen, Karl – wenn du uns wieder hintergehst, werde ich dich eigenhändig zur Strecke bringen."

Karl nickte stumm. „Das ist nur fair."

Sie verbrachten den Rest der Nacht damit, den Plan zu schmieden. Die Sekte hatte sich an einem abgelegenen Ort in den Wäldern nördlich der Stadt zurückgezogen, wo sie hofften, vor den neugierigen Augen der Welt sicher zu sein. Dort würden sie zuschlagen – ein letztes Mal, um die Wahrheit ans Licht zu bringen.

DER REGEN PRASSELTE unerbittlich auf das dichte Blätterdach, als sie sich in der Dunkelheit des Waldes vorwärtsbewegten. Max spürte, wie sich ein Knoten in seinem Magen bildete, je näher sie dem Treffpunkt der Sekte kamen. Es war still, zu still, und er konnte das Gefühl nicht abschütteln, dass etwas nicht stimmte.

Plötzlich blieb Hanna stehen und packte Max am Arm. „Da drüben", flüsterte sie und deutete in die Dunkelheit. Max folgte ihrem Blick – und erstarrte. Vor ihnen, kaum sichtbar im Regen, standen zwei Männer, die sich angeregt unterhielten. Einer von ihnen trug ein bekanntes Gesicht – es war einer ihrer eigenen Leute, jemand, dem sie vertraut hatten.

„Verdammt", zischte Max, sein Herzschlag beschleunigte sich. „Wir wurden verraten."

Karl schloss die Augen und fluchte leise. „Es war nur eine Frage der Zeit, bis sie uns einholen würden. Sie haben immer einen Spion in den eigenen Reihen."

Max' Hände zitterten vor Wut, doch er zwang sich, ruhig zu bleiben. „Dann müssen wir schnell handeln. Bevor sie Verstärkung rufen."

DIE EREIGNISSE ÜBERSCHLUGEN sich. Schüsse hallten durch den Wald, und Max spürte den Adrenalinschub, als sie versuchten, den Verräter zu überwältigen. Die Sekte war vorbereitet – zu gut vorbereitet. Sie hatten die Lage unterschätzt, und nun kämpften sie nicht nur gegen den äußeren Feind, sondern auch gegen die Schatten in ihren eigenen Reihen.

Am Ende des blutigen Kampfes standen Max und Karl atemlos vor dem Verräter, der am Boden kauerte. „Warum?", fragte Max, seine Stimme klang fast verzweifelt. „Warum hast du uns das angetan?"

Der Verräter hob den Kopf und lächelte müde. „Weil Vertrauen eine Illusion ist", sagte er ruhig. „In diesem Spiel gibt es keine Gewinner. Nur Überlebende."

Max schloss die Augen, seine Brust hob und senkte sich schwer. „Vielleicht", sagte er leise, „aber wir haben heute Nacht überlebt. Und das ist genug."

Kapitel 32: Licht am Ende des Tunnels

———

Die kalte Dunkelheit des Waldes schien sie zu verschlingen, als Max, Hanna und Karl sich durch das dichte Unterholz kämpften. Jeder Schritt war schwer und von dem Bewusstsein begleitet, dass es keine zweite Chance geben würde. Der Regen war zu einem eisigen Nieselregen abgeklungen, der wie eine millionenfache Nadel auf ihre Haut stach. Doch das spielte keine Rolle – nicht mehr. Vor ihnen lag der letzte Schritt in einem scheinbar endlosen Spiel.

„Dort", flüsterte Hanna, ihre Stimme war ein Hauch in der Dunkelheit. Sie deutete auf das verlassene Industriegebäude, das wie ein Monster aus Stahl und Beton inmitten der Bäume hockte. Ein schwaches Licht flackerte in einem der Fenster, und Max wusste, dass das, was sie suchten, dort drinnen auf sie wartete.

„Das muss es sein", sagte Karl und strich sich den Regen aus dem Gesicht. „Sie werden das Virus hier vorbereiten. Wir haben vielleicht nur Minuten, bevor sie es aktivieren."

„Schön, dass du so optimistisch bist", erwiderte Max trocken, seine Augen fest auf das Gebäude gerichtet. „Komm schon, wir haben keine Zeit zu verlieren."

———

HANNA FÜHRTE DIE GRUPPE an, ihre Schritte waren leise und entschlossen. Sie war es, die den Plan ausgearbeitet hatte – ein letzter verzweifelter Versuch, das Virus zu stoppen, bevor es freigesetzt werden konnte. Ihre Hände zitterten leicht, als sie die rostige Metalltür öffnete, aber ihr Blick war fest und fokussiert. Es gab keinen Raum mehr für Zweifel.

„Bist du sicher, dass du das kannst?", fragte Max leise, während sie durch den dunklen Flur schlichen. „Wenn das schiefgeht, sind wir alle tot."

„Danke für dein Vertrauen", entgegnete Hanna sarkastisch und warf ihm einen raschen Blick zu. „Aber ich bin es leid, mich nur auf dich und deine Entscheidungen zu verlassen. Diesmal werde ich es beenden."

„Immer so bescheiden", murmelte Karl, der dicht hinter ihnen ging. „Hoffentlich wissen sie nicht, dass wir hier sind."

Hanna ignorierte ihn und öffnete vorsichtig die Tür zum Hauptlabor. Das schwache Licht des Raums tauchte ihre Gesichter in eine gespenstische Helligkeit. Vor ihnen stand ein massiver Stahltank, umgeben von Kabeln, Bildschirmen und medizinischen Geräten – der Herzschlag des geplanten Anschlags.

„DAS IST ES", FLÜSTERTE Hanna und spürte, wie ihr Puls schneller schlug. „Sie haben es fast fertig. Wir müssen den Code knacken und das System lahmlegen."

„Kein Druck", murmelte Max, während er sich nervös umsah. „Hoffentlich haben sie keine Sicherheitsmechanismen eingebaut."

„Natürlich haben sie das", sagte Karl trocken und schaltete einen der Bildschirme ein. „Aber darum kümmere ich mich. Ihr beiden haltet mir einfach den Rücken frei."

„Das ist das erste Mal, dass ich dir wirklich vertraue", erwiderte Max kühl. „Enttäusch mich nicht."

Karl lachte leise. „Ich gebe mein Bestes."

Während Karl sich an die Arbeit machte, um die Sicherheitssysteme zu umgehen, beobachtete Hanna jeden seiner Schritte mit scharfem Blick. Sie wusste, dass dies ihr Moment war – der Moment, in dem sich entscheiden würde, ob alles, wofür sie gekämpft hatten, Sinn hatte oder nicht.

PLÖTZLICH ERTÖNTE EIN leises Piepen, und ein Countdown erschien auf dem Bildschirm. Max' Herz setzte einen Schlag aus. „Was ist das?", fragte er scharf.

„Sie haben einen Selbstzerstörungsmechanismus aktiviert", sagte Karl ruhig, ohne aufzusehen. „Wenn wir das System nicht rechtzeitig ausschalten, wird es das Virus freisetzen, um alle Beweise zu vernichten."

„Na wunderbar", murmelte Max sarkastisch. „Wir haben noch weniger Zeit, als ich dachte."

Hanna war bereits am Terminal und hackte sich durch die verschlüsselten Dateien, während der Countdown unbarmherzig weiterlief. „Ich kann das schaffen", sagte sie mit einer Entschlossenheit, die Max überraschte. „Ich werde das System lahmlegen."

„Du klingst ja fast zuversichtlich", sagte Max und trat einen Schritt zurück, um ihr Raum zu geben. „Aber beeil dich – wir haben nur noch fünf Minuten."

„Genug Zeit für eine Heldentat", sagte Hanna ironisch und beugte sich tiefer über das Terminal. Ihre Finger flogen über die Tastatur, und Max konnte den Schweiß auf ihrer Stirn sehen, obwohl es im Raum kalt war.

DIE MINUTEN VERGINGEN quälend langsam, und der Countdown rückte unaufhaltsam auf Null zu. Karl kämpfte verzweifelt mit den Sicherheitsvorkehrungen, während Max unruhig auf und ab ging. „Wir müssen hier raus, bevor das Ding hochgeht", sagte er und warf einen nervösen Blick auf die Uhr.

„Ich bin fast fertig", zischte Hanna, ohne aufzusehen. Ihre Augen brannten vor Anstrengung, und sie spürte, wie die Zeit durch ihre Finger glitt. Sie konnte es nicht erlauben, dass alles, wofür sie gekämpft hatten, in diesen letzten Sekunden scheiterte.

Dann, plötzlich, piepte das System und der Bildschirm fror ein. „Nein!", schrie Hanna und schlug mit der Faust auf das Terminal. „Das darf nicht passieren!"

Max trat an ihre Seite, sein Gesicht war eine Maske aus Sorge und Zorn. „Was ist passiert?", fragte er.

„Das System ist abgestürzt", flüsterte Hanna verzweifelt. „Ich... ich weiß nicht, ob ich es neu starten kann."

„Tu es!", befahl Max scharf, seine Augen flammten vor Entschlossenheit. „Es gibt keine andere Möglichkeit."

HANNA ZITTERTE, DOCH sie zwang sich, ruhig zu bleiben. Mit zitternden Händen startete sie das Terminal neu, während der Countdown gnadenlos weiterlief. „Ich schaffe das", flüsterte sie, mehr zu sich selbst als zu den anderen. „Ich muss es schaffen."

„Noch zwei Minuten", sagte Karl ruhig, während er neben ihr stand und die Finger an den Sicherheitsvorkehrungen hatte. „Wir haben keine Zeit mehr."

Hannas Hände flogen erneut über die Tastatur, und plötzlich änderte sich der Bildschirm. Ein rotes Lämpchen blinkte, und der Countdown stoppte abrupt.

„Ich hab's!", rief sie, ihre Stimme war heiser vor Erleichterung. „Das System ist deaktiviert!"

Max atmete tief durch, seine Knie wurden weich vor Erleichterung. „Du hast es geschafft", sagte er leise, und ein schwaches Lächeln breitete sich auf seinem Gesicht aus. „Verdammt, du hast es wirklich geschafft."

Hanna ließ sich schwer in den Stuhl sinken, ihre Hände zitterten. „Vielleicht gibt es doch noch Hoffnung", flüsterte sie erschöpft, ihre Augen glänzten vor Tränen. „Vielleicht ist nicht alles verloren."

———————

KARL STAND AUF, SEIN Blick war ausdruckslos. „Wir haben das Virus, wir haben die Beweise", sagte er ruhig. „Jetzt müssen wir es nur noch an die richtigen Stellen bringen, bevor sie uns wiederfinden."

Max nickte und legte eine Hand auf Hannas Schulter. „Danke", sagte er leise. „Ohne dich hätten wir es nicht geschafft."

„Keine große Sache", murmelte Hanna und wischte sich über die Augen. „Nur ein weiterer Tag im Leben eines Verlierers, der sich als Held fühlt."

„Nun", sagte Max mit einem schiefen Lächeln, „heute bist du mein Held, Hanna."

Karl räusperte sich und unterbrach den Moment. „Ich würde sagen, wir verschwinden hier, bevor jemand merkt, dass wir gewonnen haben."

„Eine gute Idee", sagte Max und hob den Behälter mit dem Virus vorsichtig auf. „Wir haben noch einen langen Weg vor uns, bevor dieser Albtraum endgültig vorbei ist."

Kapitel 33: Zerbrochene Ketten

———

Die Stadt wirkte verändert. Eine unheimliche Stille hatte sich über die Straßen gelegt, als hätte die Dunkelheit der letzten Wochen auch die Atmosphäre verdichtet. Berlin stand still, als ob es den Atem anhielt – als ob es wüsste, dass etwas Großes bevorstand. Max beobachtete die Menschen, die sich durch die grauen Straßen bewegten, mit einem neuen Gefühl der Erleichterung. Der Bio-Angriff war vereitelt, aber das Spiel war noch nicht vorbei.

Die Sekte, die so lange im Verborgenen agiert hatte, begann nun langsam zu zerfallen. Es war, als hätten die ersten Sonnenstrahlen eines neuen Tages das Dickicht der Lügen durchbrochen und die dunklen Geheimnisse an die Oberfläche gezerrt. Gerüchte machten die Runde, Anhänger wurden unsicher, und der Boden unter den Füßen der Sekte begann zu bröckeln. Es war nur eine Frage der Zeit, bis das ganze Gebäude in sich zusammenbrach.

„Ich habe nie gedacht, dass ich das erleben würde", sagte Max leise, während er mit Hanna durch die Straßen ging. „Dass ihre eigene Macht sie eines Tages zerreißen würde."

„Tja", antwortete Hanna mit einem bitteren Lächeln, „sie haben die Angst benutzt, um ihre Anhänger zu kontrollieren. Aber jetzt dreht sich die Angst gegen sie. Ironie des Schicksals, findest du nicht?"

———

DIE NACHRICHTEN ÜBERSCHLUGEN sich. Überall tauchten Berichte über die dunklen Machenschaften der Sekte auf, die von den Beweisen gespeist wurden, die Max und seine Gruppe mühsam zusammengetragen hatten. Es war, als ob ein Damm gebrochen wäre und die Wahrheit nun unaufhaltsam durch die Risse strömte. Ehemalige Anhänger wandten sich öffentlich gegen die Sekte, ihre Gesichter maskiert, ihre Stimmen zitternd vor Angst. Die Angst, die sie einst unterdrückt hatte, verwandelte sich in Wut.

Einer dieser Anhänger war Annika Meier, die in den innersten Kreisen der Sekte verkehrt hatte. Sie war jung, aber in ihren Augen lag eine Tiefe, die verriet, wie viel sie durchgemacht hatte. Max kannte ihren Namen aus den Dokumenten – sie war eine derjenigen, die ganz oben auf der Liste gestanden hatten. Diejenige, die alles wusste, was hinter den Kulissen geschah. Doch was er nicht erwartet hatte, war, dass sie sich entschloss, vor die Kameras zu treten.

MAX UND HANNA SASSEN in einem dunklen Café am Rande der Stadt, als sie die Nachricht erfuhren. „Hast du das gehört?", fragte Hanna, ihre Stimme war fast ungläubig. „Annika Meier will sprechen. Öffentlich."

Max hob den Kopf, seine Augen weiteten sich vor Überraschung. „Annika? Die Annika Meier? Die, die direkt unter dem Sektenführer stand?"

Hanna nickte. „Genau die. Anscheinend hat sie genug von den Lügen. Sie hat eine Pressekonferenz einberufen und will ihre Geschichte erzählen."

„Das ist Wahnsinn", murmelte Max und lehnte sich zurück. „Wenn sie wirklich alles enthüllt, dann..."

„Dann wird die Sekte nicht mehr existieren", vollendete Hanna den Satz und ein seltenes Lächeln huschte über ihr Gesicht. „Es ist Zeit, dass die Welt die Wahrheit erfährt."

AM TAG DER PRESSEKONFERENZ war der Raum bis auf den letzten Platz gefüllt. Journalisten, Fotografen und Kamerateams drängten sich dicht an dicht, das Summen der aufgeregten Gespräche lag wie ein Vorbote eines großen Ereignisses in der Luft. Max und Hanna waren im Hintergrund, versteckt vor den Kameras, aber ihre Augen ruhten fest auf der jungen Frau, die im Zentrum der Aufmerksamkeit stand.

Annika Meier trat vor das Mikrofon. Sie war blass, ihre Hände zitterten leicht, doch ihre Augen waren fest und entschlossen. „Ich bin hier, um die Wahrheit zu sagen", begann sie, ihre Stimme klang fest und klar. „Die Wahrheit, die viel zu lange verborgen blieb."

Ein leises Raunen ging durch den Raum, als die Kameras surrend näher heranfuhren. Max spürte, wie seine Hände feucht wurden, und er sah Hanna an, die den Atem anzuhalten schien. „Jetzt geht's los", flüsterte er.

ANNIKA BEGANN ZU SPRECHEN. Sie erzählte von den geheimen Treffen, den manipulativen Taktiken, die die Sekte genutzt hatte, um die Kontrolle über ihre Anhänger zu erlangen. Sie sprach über die Lügen, die den Menschen Angst gemacht hatten, die falschen Versprechungen und die Drohungen, die sie gezwungen hatten, zu schweigen. Es war, als würde sie eine dunkle, schmutzige Wunde aufreißen, und Max konnte sehen, wie sich das Publikum in ungläubigem Entsetzen wand.

„Sie haben uns versprochen, dass wir Teil von etwas Größerem sein würden", sagte Annika mit zitternder Stimme. „Aber am Ende waren wir nur Bauern in ihrem Spiel. Wir haben unsere Seelen verkauft – für nichts."

Max spürte, wie ihm die Erleichterung durch den Körper strömte. Es war das, worauf er gewartet hatte. Eine Person von innen, die genug Mut aufbrachte, um die Wahrheit zu enthüllen.

„Warum jetzt?", rief ein Journalist aus der Menge. „Warum erzählen Sie das alles erst jetzt?"

Annika hielt inne, ihre Augen glänzten vor Tränen. „Weil ich zu lange geschwiegen habe", sagte sie leise, aber ihre Stimme trug weit durch den Raum. „Weil ich Angst hatte. Aber jetzt, da die Wahrheit durch die Risse bricht, habe ich keine Angst mehr. Es ist Zeit, dass die Welt die Wahrheit erfährt."

DIE MENGE TOBTE. DIE Kameras blitzten, und Annika schien von den Emotionen überwältigt zu werden. Doch sie hielt standhaft das Mikrofon in der Hand und weigerte sich, sich von den Fragen der Journalisten einschüchtern zu lassen. Max konnte sehen, dass sie innerlich kämpfte – nicht nur mit den Erinnerungen, sondern auch mit der Schuld, die sie jahrelang in sich getragen hatte.

„Hast du das erwartet?", fragte Hanna leise neben ihm, ihre Stimme war weich und fast mitfühlend. „Dass jemand wie sie den Mut aufbringen würde?"

Max schüttelte den Kopf. „Nein. Aber vielleicht ist das genau das, was wir gebraucht haben. Einen Moment der Menschlichkeit, mitten in all dem Wahnsinn."

Annika beendete ihre Geschichte mit einem tiefen Atemzug. Sie legte das Mikrofon ab und ging von der Bühne, als ob eine unsichtbare Last von ihren Schultern gefallen wäre. Max und Hanna sahen ihr nach, als sie den Raum verließ, und Max wusste, dass etwas Großes begonnen hatte. Der Fall der Sekte war unausweichlich – und es war Annika, die den ersten Dominostein umgestoßen hatte.

DIE TAGE NACH ANNIKAS Enthüllung waren ein Wirbelsturm aus Berichten, Verhaftungen und neuen Enthüllungen. Es schien, als würden die Wände der Sekte von innen heraus zusammenbrechen. Anhänger, die einst treu waren, distanzierten sich, während die Führungskräfte verzweifelt versuchten, ihre Macht zu retten. Es war ein Schauspiel, das sowohl tragisch als auch befriedigend war.

„Sieh sie dir an", sagte Max, als er in den Nachrichten die Bilder der verhafteten Anführer sah. „Die selbsternannten Retter der Menschheit, die jetzt wie Ratten fliehen."

Hanna lehnte sich zurück und lächelte schwach. „Ironisch, nicht wahr? Sie dachten, sie hätten alle Fäden in der Hand. Und jetzt sind sie diejenigen, die zappeln."

ANNIKA MEIER WAR VERSCHWUNDEN. Nachdem sie ihre Geschichte erzählt hatte, hatte sie sich zurückgezogen, und niemand wusste, wo sie war. Doch ihre Worte hallten in der Stadt nach, und Max wusste, dass es nicht mehr lange dauern würde, bis die letzten Überreste der Sekte verschwanden.

„Glaubst du, dass sie wirklich frei ist?", fragte Hanna eines Abends, als sie zusammen in einer kleinen Bar saßen und auf das leise Murmeln der Stadt lauschten.

Max nahm einen tiefen Schluck von seinem Glas und sah in die Dunkelheit. „Ich hoffe es", sagte er leise. „Sie hat getan, was sie konnte. Jetzt liegt es an uns, die letzten Schritte zu gehen."

„Vielleicht gibt es doch noch Hoffnung", sagte Hanna leise und legte ihre Hand auf seine. „Vielleicht ist nicht alles verloren."

Max sah sie an und lächelte – ein echtes, warmes Lächeln, das aus der Tiefe seines Herzens kam. „Ja", sagte er schließlich. „Vielleicht gibt es das."

Kapitel 34: Nachbeben

———

Die Stadt schien zu vibrieren. Seit den Enthüllungen von Annika Meier hatte sich ein medialer Sturm entfesselt, der Berlin in seinen Grundfesten erschütterte. Jede Nachrichtensendung, jede Zeitung und jeder Blog berichteten unaufhörlich über die Enthüllungen der letzten Wochen. Namen, die einst nur in den Schatten geflüstert wurden, prangten plötzlich auf den Titelseiten. Das, was lange Zeit verborgen war, lag nun offen zutage – und die Öffentlichkeit reagierte mit einem Aufschrei, der nicht zu überhören war.

Max saß in einer kleinen, verrauchten Bar, das Summen des Fernsehers über ihm war kaum zu ignorieren. Auf dem Bildschirm liefen wieder einmal die neuesten Entwicklungen, während die Stimme des Nachrichtensprechers durch den Raum drang: „Joachim Kaufmann, einer der Hauptverdächtigen und führendes Mitglied der kürzlich enthüllten Sekte, wurde heute Morgen verhaftet. Die Behörden betonen, dass dies erst der Anfang der Ermittlungen ist."

Max lehnte sich in seinem Stuhl zurück und nahm einen tiefen Schluck aus seinem Glas. „Man erntet, was man sät", murmelte er trocken, und ein bitteres Lächeln zuckte über seine Lippen.

Hanna, die neben ihm saß, warf ihm einen skeptischen Blick zu. „Glaubst du wirklich, dass das jetzt vorbei ist?", fragte sie, ihre Stimme war leise und ernst.

Max schüttelte den Kopf. „Nein. Aber es ist ein Anfang. Und manchmal ist das alles, was man braucht."

———

JOACHIM KAUFMANNS VERHAFTUNG war spektakulär gewesen – genau wie es die Medien liebten. Es gab Bilder von seiner Festnahme, wie er von einem Dutzend Polizisten aus einem protzigen, mit dunklen Scheiben versehenen Wagen gezerrt wurde, das Gesicht verzerrt vor Wut und Überraschung. Der einst mächtige Mann, der es gewohnt war, im Hintergrund die Fäden zu ziehen, wurde nun selbst zur Marionette in einem Spiel, das er nicht mehr kontrollieren konnte.

„Schau dir diesen Mistkerl an", sagte Max und zeigte auf den Bildschirm. „Da steht er, der große Puppenspieler. Und jetzt hat er keine Fäden mehr, an denen er ziehen kann."

Hanna hob eine Augenbraue. „Du klingst fast so, als würde es dir gefallen, ihn so zu sehen."

„Oh, es gefällt mir", sagte Max, seine Stimme war kühl wie ein Herbstwind. „Aber das ändert nichts an dem, was wir verloren haben."

DIE ERLEICHTERUNG ÜBER die Verhaftung und die beginnende Zerschlagung der Sekte war greifbar, doch sie schmeckte bitter. Max konnte die Gesichter derer nicht vergessen, die sie auf dem Weg hierher verloren hatten. Karl, der am Ende doch mehr Verbündeter gewesen war, als er zugegeben hatte. Annika, deren Mut sie gerettet hatte, aber die sich nach ihren Enthüllungen zurückgezogen hatte, um sich vor der Öffentlichkeit zu schützen. Es war ein Sieg, ja – aber einer, der Spuren hinterlassen hatte.

„Warum fühlt es sich nicht besser an?", fragte Hanna eines Abends, als sie zusammen durch die leeren Straßen gingen, die vom Regen glänzten. „Warum fühle ich mich immer noch, als hätten wir verloren?"

Max seufzte und steckte die Hände in die Taschen seiner Jacke. „Weil wir verloren haben, Hanna. Wir haben zu viel gesehen, zu viel erlebt, um uns einfach zu freuen. Es gibt kein einfaches Happy End."

„Und was machen wir jetzt?", fragte sie, ihre Augen suchten seine.

„Wir machen weiter", sagte Max entschlossen. „Was auch immer das bedeutet."

———————

IN DEN FOLGENDEN TAGEN und Wochen schien es, als gäbe es kein Entkommen vor den Geschichten über die Sekte. Talkshows, investigative Reportagen und Diskussionsrunden drehten sich um nichts anderes als die Enthüllungen und die Verbrechen, die ans Licht gekommen waren. Jeder wollte seine Meinung äußern, jeder wollte ein Stück der Geschichte haben, die plötzlich so groß war, dass sie niemand mehr ignorieren konnte.

„Sieh dir diese Heuchler an", sagte Max und schaltete angewidert den Fernseher aus. „Alle tun so, als hätten sie es schon immer gewusst, als wären sie die Helden, die die Wahrheit ans Licht gebracht haben."

Hanna zuckte mit den Schultern. „Das ist die Natur der Medien, Max. Sie springen immer erst auf den Zug auf, wenn er Fahrt aufgenommen hat."

„Dann sollen sie springen", sagte Max und lehnte sich in seinem Sessel zurück. „Aber wir wissen, wer wirklich dafür gesorgt hat, dass die Wahrheit ans Licht kam."

———————

EINES ABENDS, ALS DER Sturm der Medienaufmerksamkeit seinen Höhepunkt erreicht hatte, klopfte es an Max' Tür. Er öffnete und fand eine vertraute Gestalt vor sich: Annika Meier. Sie sah anders aus als bei der Pressekonferenz – erschöpft, aber irgendwie befreit. Ihre Augen hatten den harten Glanz verloren und wirkten nun ruhig, fast sanft.

„Darf ich reinkommen?", fragte sie leise.

Max trat zur Seite und ließ sie eintreten. „Ich hätte nicht gedacht, dass ich dich noch einmal sehen würde", sagte er, als er die Tür hinter ihr schloss.

Annika setzte sich in einen der alten Stühle und sah ihn lange an. „Ich auch nicht", gestand sie. „Aber ich wollte dir danken. Für alles, was du getan hast."

„Ich habe nicht viel getan", sagte Max und zuckte mit den Schultern. „Du warst es, die den Mut hatte, vor die Kameras zu treten."

Annika schüttelte den Kopf. „Nein. Ohne dich und Hanna hätte ich das nie geschafft. Ihr habt mir gezeigt, dass es noch Menschen gibt, denen man vertrauen kann."

Max lachte trocken. „Vertrauen ist wohl überbewertet, Annika. Das habe ich inzwischen gelernt."

———

ANNIKA BLIEB EINE WEILE, und sie sprachen über alles, was geschehen war – über die Verluste, die Siege und die offene Zukunft. Es war ein Gespräch, das mehr war als nur Worte; es war eine Art Abrechnung mit der Vergangenheit. Max spürte, wie sich ein Gewicht von seinen Schultern hob, als Annika schließlich ging, und ein Hauch von Erleichterung machte sich in ihm breit.

„Glaubst du, sie schafft es?", fragte Hanna, als sie sich später zu ihm setzte und aus dem Fenster in die Nacht starrte.

„Ich weiß es nicht", antwortete Max ehrlich. „Aber ich hoffe es. Für uns alle."

—————————

DIE TAGE VERGINGEN, und die Wellen der Enthüllungen begannen sich langsam zu legen. Die Sekte war zerschlagen, ihre Anführer verhaftet, ihre Anhänger zerstreut. Doch Max wusste, dass der Kampf um die Wahrheit nie wirklich zu Ende war. Es gab immer noch Fragen, immer noch ungelöste Rätsel, die wie Geister im Hintergrund schwebten.

„Also, was jetzt?", fragte Hanna eines Abends, als sie gemeinsam auf dem Dach eines alten Gebäudes saßen und den Sonnenuntergang betrachteten. „Gehen wir zurück zu unserem alten Leben? Tun wir so, als wäre das alles nie passiert?"

Max sah sie an, seine Augen waren von der untergehenden Sonne in ein warmes Licht getaucht. „Nein", sagte er langsam. „Das alte Leben gibt es nicht mehr. Aber vielleicht... vielleicht können wir etwas Neues anfangen. Etwas, das sich lohnt."

Hanna lächelte und legte ihren Kopf an seine Schulter. „Vielleicht hast du recht, Max. Vielleicht ist das hier wirklich ein neuer Anfang."

Sie saßen noch lange da, bis die Dunkelheit die Stadt umhüllte, und sie wussten, dass sie, trotz allem, was sie verloren hatten, gewonnen hatten. Sie hatten die Wahrheit ans Licht gebracht – und das war genug.

Kapitel 35: Neue Anfänge

———

Das erste Licht des Tages schimmerte auf der Oberfläche der Spree und malte sanfte goldene Wellen auf das ruhige Wasser. Es war noch früh, die Stadt schien zu schlafen, als ob sie sich nach dem Chaos der letzten Wochen endlich eine Pause gönnte. Max und Hanna standen am Ufer, der kalte Wind zerzauste ihre Haare, während sie schweigend den aufsteigenden Sonnenstrahlen zusahen.

Die Dunkelheit, die sie so lange begleitet hatte, wich allmählich einem neuen Licht. Berlin, so schien es, atmete wieder frei. Doch in Max' Brust lag immer noch ein schwerer Kloß, eine Erinnerung an das, was geschehen war, an die Menschen, die sie verloren hatten und an die Narben, die niemand je sehen würde.

„Ich hätte nie gedacht, dass wir das hier erleben würden", sagte Hanna schließlich, ihre Stimme klang müde, aber erleichtert. Sie zog die Jacke enger um sich, als ob sie die letzten Schatten der Nacht vertreiben wollte.

Max antwortete nicht sofort. Stattdessen sah er hinaus auf das glitzernde Wasser, das so friedlich wirkte, als hätte es nie Blut oder Tränen gesehen. „Ich auch nicht", gab er schließlich zu. „Aber hier sind wir – gegen alle Wahrscheinlichkeit."

Hanna schnaubte leise und schüttelte den Kopf. „Wenn mir vor einem Jahr jemand gesagt hätte, dass ich hier mit dir stehe, nachdem wir eine verdammte Sekte zerschlagen haben, hätte ich ihn für verrückt erklärt."

„Willkommen im Club", sagte Max und ein seltenes, schwaches Lächeln huschte über sein Gesicht.

DIE LETZTEN TAGE WAREN ein surrealer Traum gewesen. Die Verhaftungen, die Enthüllungen, die Interviews – es hatte sich angefühlt, als hätten sie sich selbst von außen beobachtet. Die Medien hatten sie gesucht, doch Max und Hanna hatten sich aus der Öffentlichkeit zurückgezogen, versteckt vor den gierigen Augen der Kameras, die ihre Geschichte in Schlagzeilen verwandeln wollten.

„Was machst du jetzt?", fragte Hanna, die Augen fest auf den Horizont gerichtet.

Max zuckte mit den Schultern. „Keine Ahnung", antwortete er ehrlich. „Zum ersten Mal seit langer Zeit habe ich keinen Plan. Kein nächstes Ziel. Keine Feinde, die im Dunkeln lauern."

„Das klingt fast zu gut, um wahr zu sein", bemerkte Hanna trocken. „Vielleicht sollten wir es einfach genießen, bevor das nächste Chaos ausbricht."

„Oder bevor wir das nächste Chaos selbst verursachen", fügte Max mit einem ironischen Lächeln hinzu. „Wir sind schließlich Experten darin, die Dinge durcheinanderzubringen."

HANNA DREHTE SICH ZU ihm und legte den Kopf leicht schief. „Und was ist, wenn es kein nächstes Chaos gibt, Max? Was, wenn dies der Moment ist, in dem wir... aufhören?"

„Aufhören?" Max lachte kurz auf, aber der Klang war hohl. „Glaubst du wirklich, dass wir einfach aufhören können? Dass wir so tun können, als wäre das alles nie passiert?"

„Nein", sagte Hanna leise und wandte den Blick wieder ab. „Aber vielleicht können wir etwas Neues anfangen. Etwas, das nicht in Geheimnissen und Lügen gehüllt ist."

Max sah sie lange an, und etwas in ihren Worten ließ eine Saite in ihm vibrieren, die er lange vergessen hatte. „Vielleicht hast du recht", sagte er schließlich. „Vielleicht ist es Zeit, dass wir aufhören, uns in den Schatten zu verstecken."

„Na, das wäre mal was Neues", sagte Hanna mit einem schiefen Lächeln. „Der große Max Stolz, der endlich ins Licht tritt."

SIE SETZTEN SICH AUF eine der alten Bänke, die am Ufer standen, und Max holte eine Thermoskanne mit Kaffee aus seiner Tasche. „Nicht, dass ich sentimental werde, aber ich dachte, wir könnten diesen Moment vielleicht feiern", sagte er, während er den dampfenden Kaffee einschenkte.

„Wie romantisch", sagte Hanna ironisch und nahm den Becher dankbar entgegen. „Kalter Wind, Kaffee aus der Thermoskanne und eine Zukunft, die so ungewiss ist wie nie zuvor. Ich fühle mich fast wie in einem dieser kitschigen Filme."

„Hey, es könnte schlimmer sein", konterte Max. „Wir könnten tot sein. Oder schlimmer: Wir könnten in einer Talkshow sitzen und uns von selbsternannten Experten darüber belehren lassen, wie wir unser Leben hätten führen sollen."

Hanna lachte, und es war ein echtes Lachen, das in der stillen Morgenluft widerhallte. „Du hast recht. Wir sind hier, und das ist alles, was zählt."

DIE SONNE STIEG HÖHER, tauchte den Himmel in ein warmes Rosa, das sich allmählich in ein helles Blau verwandelte. Max spürte, wie etwas in ihm leichter wurde, als ob die Last der vergangenen Monate mit jedem Sonnenstrahl ein wenig weniger wurde.

„Und was jetzt?", fragte Hanna erneut, diesmal war ihre Stimme ernst, fast ein wenig ängstlich. „Was machen wir, Max?"

Max atmete tief durch, sah zu der aufgehenden Sonne und dann zurück zu Hanna. „Jetzt", sagte er langsam, „schreiben wir unsere eigene Geschichte. Ohne Lügen, ohne Masken. Wir haben die Möglichkeit, neu anzufangen – und ich denke, das sollten wir auch tun."

„Also ein Neubeginn?", fragte Hanna, ihre Augen funkelten im Licht des neuen Tages.

„Ja", antwortete Max mit einem seltenen, warmen Lächeln. „Ein Neubeginn. Für uns beide."

———

SIE VERBRACHTEN DEN restlichen Morgen schweigend am Ufer, und es war eine angenehme Stille, die nichts von der alten Anspannung in sich trug. Die Welt erwachte um sie herum, die Stadt begann zu leben, und Max spürte zum ersten Mal seit Langem, dass er wirklich anwesend war – ohne die Schatten der Vergangenheit, die ihn bedrängten.

„Es fühlt sich seltsam an", sagte Hanna plötzlich und brach die Stille. „Frei zu sein. Keine Pläne, keine Geheimnisse, keine Lügen."

„Ja", stimmte Max zu. „Es ist wie der Moment, bevor ein neues Kapitel beginnt. Man weiß, dass die Seiten leer sind, aber man hat keine Ahnung, was darauf stehen wird."

„Das klingt fast poetisch", sagte Hanna mit einem Lächeln. „Vielleicht solltest du Schriftsteller werden."

Max lachte. „Vielleicht. Oder vielleicht werde ich einfach ein ganz normaler Typ, der seine Rechnungen pünktlich bezahlt und nie mehr auf die Titelseiten kommt."

„Das würde dir stehen", sagte Hanna und stieß ihn leicht mit der Schulter an. „Aber wir wissen beide, dass du das keine zwei Wochen aushalten würdest."

„Wahrscheinlich nicht", gab Max zu. „Aber es ist ein schöner Gedanke."

DIE LETZTEN RESTE DER Dunkelheit verschwanden, als die Sonne endgültig über der Stadt aufstieg. Max wusste, dass es Zeit war, sich zu bewegen, nicht mehr stehen zu bleiben. Die Vergangenheit würde ihn immer begleiten, aber sie würde ihn nicht mehr definieren. Nicht mehr bestimmen, wer er war.

„Also", sagte Hanna und stand auf. „Bereit, ins Ungewisse zu springen?"

Max erhob sich und sah ihr direkt in die Augen. „Ja", sagte er fest. „Bereit, wenn du es bist."

„Das war ich immer", antwortete sie und hielt ihm die Hand hin.

Max ergriff sie, und sie gingen gemeinsam die Uferpromenade entlang, fort von der Spree, hinein in das Herz der Stadt, die nun in helles Sonnenlicht getaucht war. Es war ein neuer Anfang, und obwohl sie nicht wussten, was die Zukunft bringen würde, wussten sie, dass sie sie gemeinsam gestalten würden.

Epilog: Schatten und Licht

———

Die Jahre hatten Max verändert. Sein Gesicht war härter geworden, gezeichnet von den Ereignissen, die ihn nicht nur körperlich, sondern auch seelisch geprägt hatten. Die Narben, die er trug, waren unsichtbar, doch sie waren tief und präsent in jedem Blick, den er in den Spiegel warf. Er war älter geworden, weiser vielleicht, aber auch etwas müder. Die Jahre, die vergangen waren, hatten den Schmerz nicht ausgelöscht, aber sie hatten ihn gezähmt, ihn zu einem Teil von ihm gemacht.

Er stand vor dem schlichten Grabstein, auf dem der Name seines Bruders eingraviert war. Der Wind war kühl, trug den Duft von feuchtem Laub mit sich, während die Wolken schwer und grau über den Himmel zogen. Die Stille des Friedhofs hatte etwas Tröstliches, als ob die Zeit hier langsamer verlief, als ob die Welt für einen Moment innehalten würde.

Max kniete sich nieder und legte eine einzelne weiße Rose auf das Grab. „Ich hoffe, du hast deinen Frieden gefunden", flüsterte er, seine Stimme war kaum mehr als ein Hauch. Ein sanftes Lächeln umspielte seine Lippen, doch es war bittersüß. „Du hast mir nicht gesagt, dass es so schwer sein würde."

———

ES WAR NICHT LEICHT gewesen, die Vergangenheit hinter sich zu lassen. Die Schatten der Sekte, die Geheimnisse und Lügen hatten sich tief in sein Leben eingegraben. Doch Max hatte einen Weg gefunden, damit umzugehen. Er hatte alles aufgeschrieben, jede Wahrheit, jede Lüge, jedes Opfer und jeden Sieg. Sein Buch, das er mit zitternden

Händen geschrieben hatte, war zu einem Bestseller geworden – und das nicht, weil es sensationsgierig war, sondern weil es ehrlich war.

„Ich bin also doch ein Schriftsteller geworden", murmelte Max mit einem Anflug von Ironie. „Wer hätte das gedacht?"

Das Buch hatte ihn verändert, hatte ihm erlaubt, die Dämonen seiner Vergangenheit zu konfrontieren und ihnen einen Platz in seinem Leben zu geben, ohne dass sie es weiter beherrschten. Es war ein Abschied von dem, was gewesen war, und eine Akzeptanz dessen, was er nicht mehr ändern konnte.

***

MAX ERHOB SICH LANGSAM, der Wind strich sanft durch sein Haar, und er konnte die Melancholie dieses Moments spüren. Er wusste, dass dieser Besuch am Grab seines Bruders notwendig war – ein Ritual, das ihm half, die Geister der Vergangenheit zu verabschieden.

Als er sich umdrehte, fiel sein Blick auf eine Gestalt in der Ferne. Hanna stand da, ihr Haar wehte leicht im Wind, und sie lächelte ihn an. In diesem Moment schien die Welt stillzustehen, und Max spürte ein tiefes Gefühl von Frieden. Sie hatte ihn nie verlassen, hatte ihn in den dunkelsten Stunden begleitet und war immer da gewesen, wenn er es am meisten brauchte.

„Du kommst also doch noch rechtzeitig", sagte Hanna, als er auf sie zuging, ihre Stimme war warm und vertraut.

„Ich lasse mir nur Zeit", antwortete Max trocken, „etwas, das du nie verstanden hast."

„Stimmt", erwiderte sie mit einem schiefen Lächeln. „Aber vielleicht hast du ja jetzt endlich verstanden, dass das Leben weitergeht."

Max nickte langsam, und für einen Moment war da eine tiefe, unausgesprochene Übereinstimmung zwischen ihnen. Sie hatte recht – das Leben ging weiter, und obwohl die Narben nicht verschwinden würden, waren sie doch ein Teil von dem, was er geworden war.

―――――――――

WÄHREND SIE ZUSAMMEN den Friedhof verließen, die Schritte auf dem Kies knirschten und der Wind um sie herum rauschte, dachte Max an all die Menschen, die sie auf ihrem Weg verloren hatten, an die Opfer, die sie gebracht hatten. Die Dunkelheit, die sie durchquert hatten, hatte sie verändert, aber sie hatte ihnen auch gezeigt, dass selbst in den tiefsten Schatten ein Funken Hoffnung existieren konnte.

„Glaubst du, wir haben das Richtige getan?", fragte Hanna plötzlich, ihre Stimme war ernst, aber nicht zweifelnd.

Max hielt einen Moment inne, bevor er antwortete. „Ja", sagte er leise. „Auch wenn es nicht das war, was wir erwartet hatten, war es das Richtige. Und vielleicht... vielleicht entstehen aus den tiefsten Schatten die hellsten Lichter."

Hanna sah ihn lange an und nickte dann langsam. „Ich hoffe, dass du recht hast", sagte sie schließlich. „Vielleicht ist das wirklich so."

―――――――――

SIE GINGEN SCHWEIGEND durch die Straßen, die sie so gut kannten, und die Sonne brach langsam durch die Wolken. Max konnte spüren, wie sich etwas in ihm veränderte, wie die Dunkelheit, die so lange ein Teil von ihm gewesen war, sich auflöste. Es war keine vollständige Heilung, aber es war ein Anfang – ein Schritt in eine Richtung, die er vorher nicht gesehen hatte.

„Und was jetzt?", fragte Hanna erneut, als sie die Brücke über die Spree erreichten und stehen blieben, um den Fluss zu beobachten, der ruhig unter ihnen hindurchfloss.

„Jetzt", sagte Max und blickte in die Ferne, „schreiben wir unsere eigene Geschichte. Nicht mehr die Geschichte anderer, nicht mehr die Geschichte von Schatten und Geheimnissen. Unsere eigene."

„Das klingt fast zu optimistisch für dich", bemerkte Hanna mit einem breiten Lächeln. „Ich dachte, du wärst der Zyniker in dieser Beziehung."

„Vielleicht habe ich ja doch noch etwas gelernt", antwortete Max schulterzuckend. „Vielleicht hat das alles einen Sinn gehabt."

„Oder vielleicht auch nicht", sagte Hanna und lachte. „Aber wer kümmert sich schon um den Sinn, solange wir noch hier sind?"

―――――――

DIE SONNE STAND NUN hoch am Himmel, und ihr warmes Licht legte sich sanft über die Stadt, die langsam erwachte. Max wusste, dass es noch viele Fragen gab, viele ungesagte Dinge, die zwischen ihnen schwebten. Doch zum ersten Mal seit langer Zeit fühlte er sich nicht gehetzt, nicht getrieben. Die Vergangenheit lag hinter ihm, und die Zukunft... nun, die war ungewiss, aber das machte ihm keine Angst mehr.

„Wir schaffen das", sagte er schließlich, mehr zu sich selbst als zu Hanna.

„Natürlich schaffen wir das", sagte sie und legte ihre Hand auf seinen Arm. „Wir haben schlimmere Dinge überstanden."

„Ja", antwortete Max und lächelte, ein echtes Lächeln, das die Schatten vertreiben konnte. „Das haben wir."

Gemeinsam machten sie sich auf den Weg, weg vom Friedhof, weg von den Erinnerungen, die sie dort zurückgelassen hatten. Es war ein neuer Tag, und Max wusste, dass es nicht einfach sein würde, dass es Rückschläge geben würde, Momente der Unsicherheit und des Zweifels. Aber er war bereit, sich all dem zu stellen – mit Hanna an seiner Seite und dem Wissen, dass die dunkelsten Zeiten sie nicht gebrochen hatten.

Vielleicht, dachte er, während sie langsam die Straßen entlanggingen, vielleicht war das Leben nichts anderes als eine Reihe von Kapiteln, jedes mit seinen eigenen Herausforderungen, seinen eigenen Höhen und Tiefen. Und vielleicht war es genau das, was es so wertvoll machte.

Don't miss out!

Visit the website below and you can sign up to receive emails whenever Maximilian Krieg publishes a new book. There's no charge and no obligation.

https://books2read.com/r/B-A-IPGPC-JHPDF

BOOKS 2 READ

Connecting independent readers to independent writers.

Also by Maximilian Krieg

Waves of Chaos
Sunken Secrets: A Post-Apocalyptic Thriller of Survival and
Deception in a Flooded World

Standalone
Die Maske der Lüge

About the Author

A former journalist turned thriller novelist, Maximilian Krieg combines his real-world experiences in war zones with a passion for high-stakes storytelling. Born in Munich, he draws inspiration from the darkest parts of human nature and the resilience of the human spirit. His books are known for their gritty realism and complex characters.